シルクロード

仏の道をゆく

シルクロード

仏の道をゆく

目次

第1部 長安から河西回廊へ

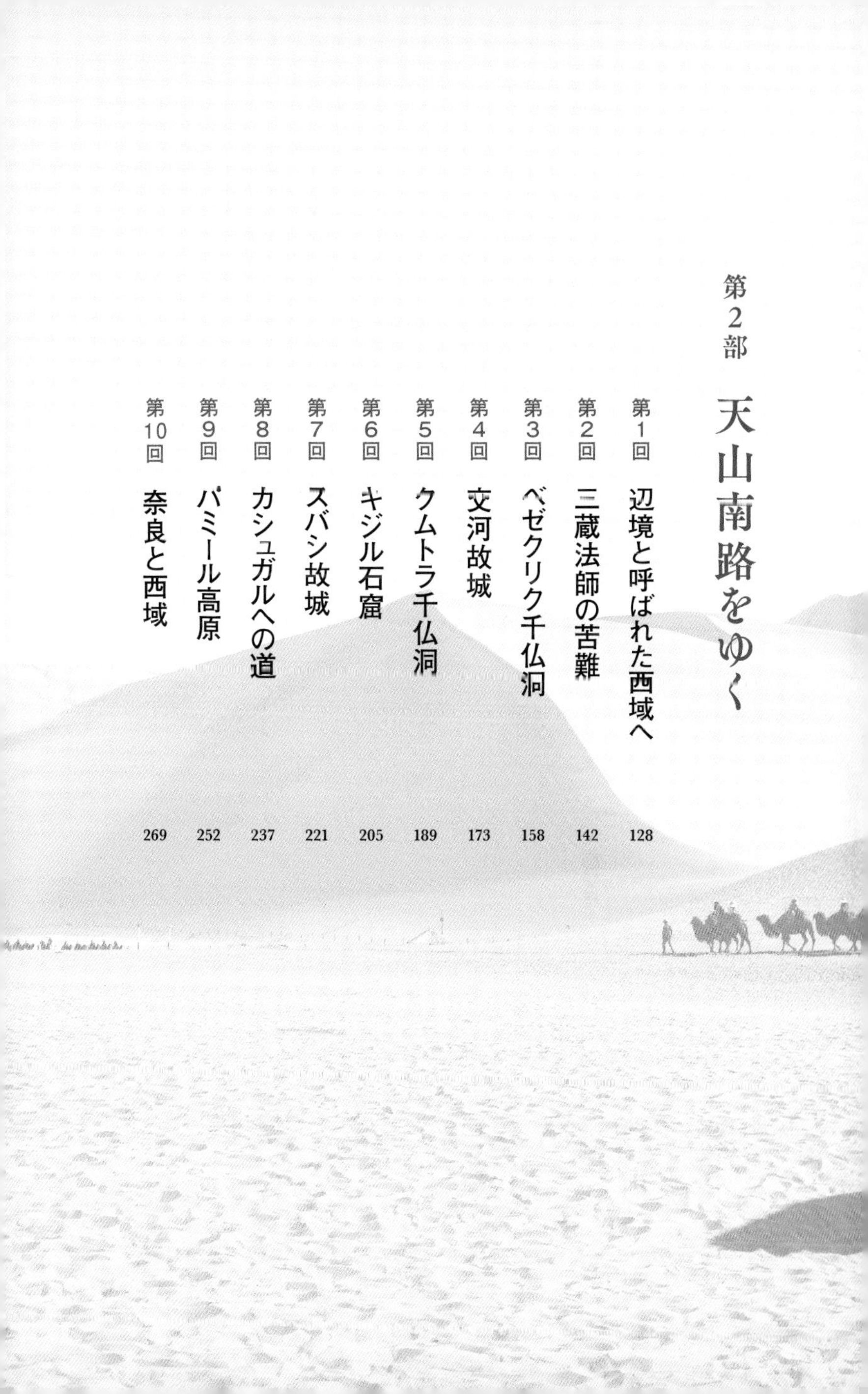

第2部　天山南路をゆく

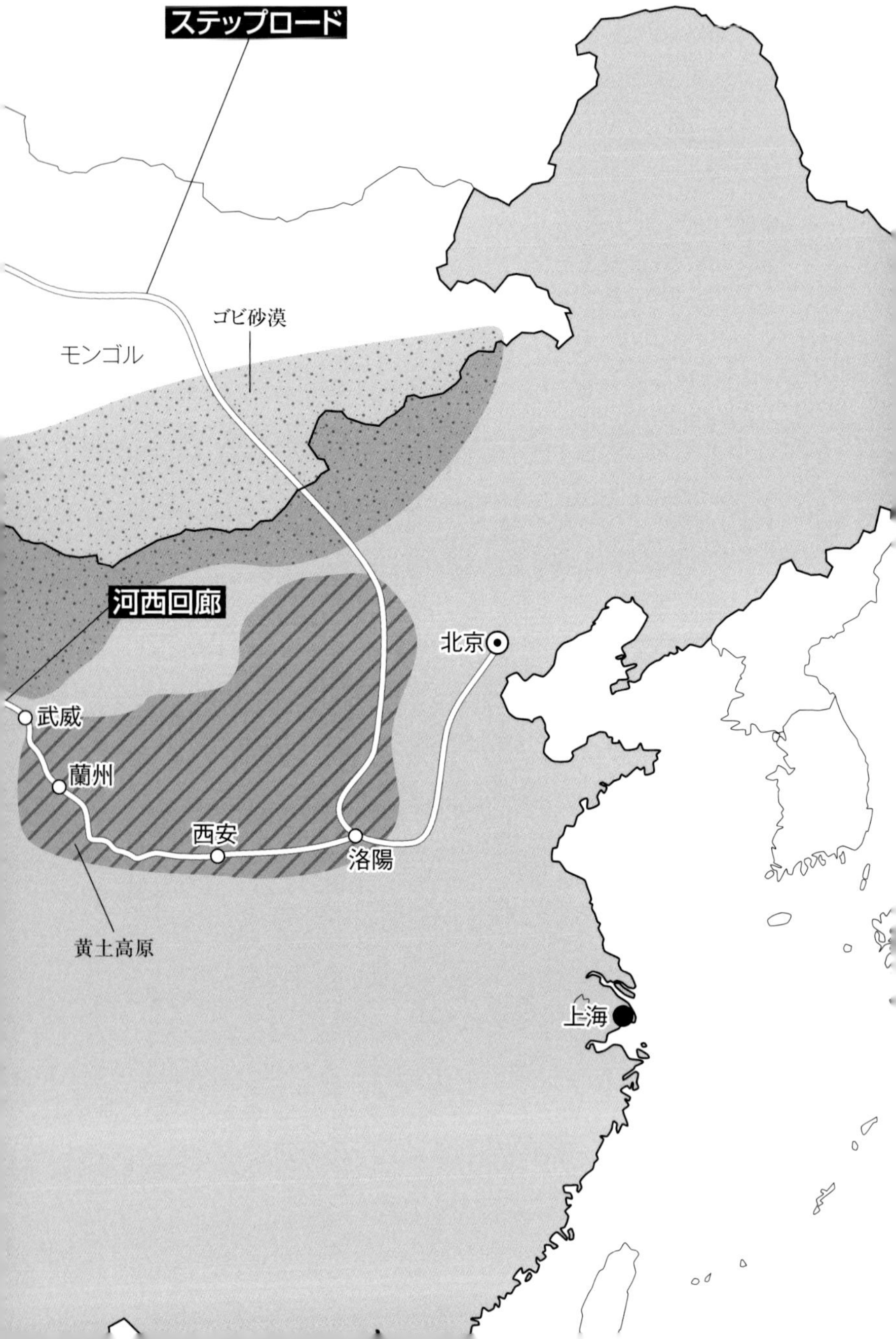
ステップロード
ゴビ砂漠
モンゴル
河西回廊
北京
武威
蘭州
西安
洛陽
黄土高原
上海

ロシア
カザフスタン
天山南路
天山北路
ウルムチ
天山山脈
トルファン
ハミ
コルラ
クチャ
キルギス
新疆ウイグル自治区
アクス
敦煌
酒泉
カシュガル
カラクリ湖
ホータン
タシュクルガン
崑崙山脈
クンジュラブ峠
カブール
西域南路
タクラマカン砂漠
イスラマバード
パキスタン
インド
デリー

写真／本文扉：敦煌・月牙泉

目次：敦煌・鳴沙山

第1部扉：西安（長安）・大慈恩寺　三蔵法師像

第2部扉：クチャ（亀茲国）・キジル石窟　鳩摩羅什像

写真提供／85頁～112頁：敦煌研究院

166頁、167頁：『吐魯番柏孜克里克石窟壁画艺术』（新疆人民出版社）

196頁～201頁、210頁～223頁：新疆ウイグル自治区亀茲研究院

238頁、239頁：山田勝久

他、潮出版社『潮』編集部

装幀／高柳雅人

地図／株式会社 山中

第1部
長安から河西回廊へ

第1回　唐の都へ

〝悠久の歴史〟との出会いを求めて

飛行機が北京《ペキン》を飛び立ち西に向かうにつれて、空の様子が変わってきた。
晴れていた空が次第に霞《かす》み、太陽が白っぽく輝いている。空中に浮遊する細かい砂塵《さじん》が、光をさえぎっているのである。

地上に目を向ければ、緑豊かな山は少なくなり、はげ山のような黄褐色《おうかっしょく》の大地が延々《えんえん》とつづいている。

これが中国北部に広がる黄土《おうど》高原だ。タクラマカン砂漠《さばく》やゴビ砂漠から巻き上げられた砂塵が、二百数十万年前から堆積してできている。

黄土高原にはそれなりの植生《しょくせい》があって生命のバランスを保っていたが、この数千年間に起こった森林伐採、過剰《かじょう》な開墾《かいこん》、放牧などによって生態系《せいたいけい》が破壊され、いっそう砂漠化が進んだ。

その広さはおよそ六四万平方キロメートルというから、日本の面積の一・六倍にもなる。

我々が毎年春先に悩まされる黄砂《こうさ》は、こうした砂漠地帯から飛来するのである。

「ほら、あれが黄河《こうが》だよ」

私は後ろの席の窓際に座った編集者のT君に声をかけた。

黄褐色の大地を細長い川が蛇行《だこう》しながら延々と流れている。しかも夕陽をあびて鏡のように輝いていた。

「わぁ、さすがは中国ですね」

T君は誠実で仕事熱心な好人物だが、感激したり感動すると、少年の昔にもどったようなことを口走る。

このリアクションもその一例で、当たり前のことを言うなと蹴《け》りを入れたいところだが、よく考えてみると、この一言ほど眼下《がんか》の風景を的確に表現したものはないのかもしれない。

さすがは中国、まさにその通りである。

チベット高原を水源地とする黄河は、北へ南へ東へと流れを変え、中国北部を横断して渤海《ぼっかい》へとそそいでいる。その長さは五四六四キロにもおよぶのだから、日本では想像もできない規模である。

それに、黄河を制する者は天下を制すという言葉もあるのだから、この河こそが中国を代表していると言っても過言ではないだろう。

「でもね。近頃では黄河の水が渤海まで流れつかないことがあるんだよ」

私は少し、〝さすがは中国〟をけなしてやりたい気分になった。

「そうですか。水不足なんですね」

これもまた抜群《ばつぐん》のリアクションである。

水不足の原因は降雨量の減少、温暖化による水面からの蒸発ばかりではない。五四〇〇キロも流れる間に、農業用や工業用、生活用水として取水されるので、貴重な水がなくなってしまう。

これを黄河断流《だんりゅう》と呼び、一九九七年には二二六日もこの現象が起こったのだから問題は深刻である。しかし、水不足なんですねと言われると、二の句が継げなくなったのだった。

今度の旅は、一人で出かける予定だった。二〇一三年から遣唐使《けんとうし》の物語を書く計画を立てていて、毎年北京や西安《せいあん》、敦煌《とんこう》などを訪ねて取材をしている。

今回も西安、蘭州《らんしゅう》、敦煌を訪ねる予定で、一八年四月十日に出発と決めていたが、直前になってひらめいたと言うべきか、魔《ま》がさしたと言うべきか、Ｔ君を誘ってみようと思いついた。

理由は二つある。

ひとつは前から「シルクロード『仏の道』紀行」をやろうと申し合わせていたことだ。インドからシルクロードをたどって中国に伝わった仏教の足跡《そくせき》を訪ねることで、世界史の中の仏教の姿を見つめたいという思いがあった。

今回は遣唐使の物語を書くための私的な取材だが、やがてこの仕事をする時のためにＴ君を帯同すれば、何かしら展望が開ける気がしたのである。

もうひとつは、拙著『維新の肖像』（潮出版社、のちに角川文庫）を月刊『潮』に連載させてい

ただいた時に、主人公の朝河貫一が教鞭《きようべん》を執ったアメリカのイェール大学に、T君と二人で取材に行った。

この時の彼の仕事ぶりの見事さと、弥次喜多道中《やじきたどうちゆう》のような楽しい思い出が記憶にあったので、一人で行くよりはと思い直し、断わられるのを覚悟で誘ってみた。

「行きます。本当にいいんですか」

T君は二つ返事で引き受けてくれたが、これには敏腕《びんわん》編集者らしい目論見《もくろみ》もあったのだった。

古都・長安はシルクロードの出発点

西安咸陽《かんよう》国際空港に着くと、ガイドの王剛《ワンガン》さんが迎えてくれた。唐代の歴史に詳しい人をという依頼に応えて旅行社が手配してくれた方で、西安市の名門西北《せいほく》大学のご出身である。

「ああ、あの西北大学ですか」

私も少年の昔にもどって感激の声を上げた。

遣唐使として西暦七一七年に唐に渡った井真成《せいしんせい》の墓誌《ぼし》は、西安市内で発見され、西北大学の付属博物館に保存してある。

これによって井真成が阿倍仲麻呂《あべのなかまろ》や吉備真備《きびのまきび》らと共に長安《ちようあん》（現在の西安）で学んでいたことや、志半ばにしてこの地で亡くなったことが分かった。

私はその墓誌がどうしても見たくて、かつて西北大学の博物館を訪ねたことがある。その中

に日本という国号が記されていたことが話題になった。

　これが日本という国名が明記された一番古い記録だと、当時は考えられていたからである。

「あの墓誌は今でも西北大学にあります。私も学生の頃勉強しました」

　王さんは今も時々、日本人旅行者を博物館に案内しておられるという。

「井真成は亡くなる時、体は異土《いど》に埋《うず》もるとも、魂は故郷に帰らんことを願うと言ったと、墓誌に記してありましたね」

「それは少し解釈がちがいます。しかし彼が玄宗《げんそう》皇帝に重用されていたのは事実です。皇帝は彼の死を悼《いた》んで、送葬《そうそう》にあたって特別の計らいをしました。歳は三十六と記されていますから、唐に来てから一七年目のことでした」

　まさにそうである。井真成が他界した天平六年（七三四）に吉備真備は帰国し、やがて朝廷で重きをなすようになった。

　阿倍仲麻呂も帰国を希望したが、玄宗皇帝は許さなかった。有能な仲麻呂を手放したくなかったのである。

　もし井真成があと一年生きていたなら、真備とともに帰国できたかもしれない。あるいは皇帝は真成を手元に残し、仲麻呂の帰国を許したかもしれない。

　墓誌を見ながらそんなことを思うと、井真成の無念と哀しみが伝わってくる気がしたものだ。

　空港を出て西安に向かったが、その車中でも王さんは休みなく案内をつづけてくれた。

「今日は黄砂がひどいですね。いつもならこの季節には納まっているんですが、近頃は異常気

象の影響で予測することがなかなか難しくなっているのです」

まるで黄砂が舞って申し訳ないと言いたげな口ぶりである。

中国政府は何とかこれを防ごうと、一九九九年から黄土高原に植樹を始めたという。

「この空港は西安より咸陽市に近い所にあります。昔はもっと西安に近かったのですが、あの町はまわりを山に囲まれた盆地なので、冬は霧《きり》が発生します。そこで高地である今の場所に移したのです。そうそう、重慶《じゅうけい》市も霧が多いところです。中国共産党が一時重慶を拠点にしたのは、日本軍の爆撃《ばくげき》を霧によって防ぐためでした。ご存じと思いますが」

すみません。知りませんでした。

「咸陽を都としたのは、秦《しん》の始皇帝です。しかし漢の時代になって長安に都を移し、咸陽は皇族の墓地とされたのです。そして墓のまわりに裕福な者たちが家を建てるようになり、金持ちの町ができました」

「それは、どうしてですか」

「中国人にとって立派な墓を作るのは名誉なことでした。おそらく皇族の墓の近くに住むのも名誉なことで、その人のステータスになったのでしょう。また墓参に来た皇族たちを接待することもできますので、権力に食い込むのにも便利だったのだと思います」

王さんは知識縦横《ちしきじゅうおう》、説明によどみがない。彼と七日間行動を共にしたことで、私とT君は多くのことを学ぶことができたのだった。

ホテルは西安君楽城堡酒店。西安（長安）城の南門である永寧門《えいねいもん》のすぐ側にあり、夜には電《でん》

西安に到着したのは日本時間の19時頃。ライトアップされた鼓楼付近は、多くの人で賑わっていた

飾《しょく》によって浮き上がる巨大な門をのぞむことができる。

　城は明の時代に築かれたもので、周囲は約一四キロ。高さ約一二メートル、車が通れるほど幅が広い城壁で囲まれている。

　道路は碁盤《ごばん》の目状に造られ、東西南北に四つの門が配されている。

　永寧門をくぐって北へ向かうと、東西と南北の大路が交差する所に鐘楼《しょうろう》が建っていた。一三八四年に建造されたもので、西側に建つ鼓《こ》楼《ろう》と対をなしている。

「鐘楼は朝の刻《とき》を告げ、四つの門の開門を知らせました。鼓楼は夜の刻、閉門の時間を知らせたのです。これは明代だけでなく、唐の時代も同じでした」

　王さんは鼓楼の横を通り抜け、一風変わった繁華街に足を踏み入れた。

　華やかにネオンが灯り、祭りの出店のような飲食店が両側にびっしりと並ぶ通りには、人がごったがえしている。

ここは回坊風情街。西域からシルクロードを通ってやって来たイスラム教徒たちが、さまざまな店をいとなんでいる。羊の肉を山椒《さんしょう》やスパイスを効《き》かせて料理したものや、小麦粉を使ったパンや麺類もある。

ここから西に向かうと安定《あんてい》門（西門）があり、シルクロードへの出発点となっている。仏教の経典を求めてインドに向かった玄奘三蔵《げんじょうさんぞう》も、この門から旅の第一歩を踏み出したのである。

遣唐使の物語を書こうと思った理由

西安に来てまず驚いたのは、うどんや豆腐、湯葉《ゆば》や納豆など、日本食だと思っていたものがふんだんにあることだ。いずれもルーツはこちらにあり、遣唐留学生や留学僧たちが日本に持ち帰ったものである。

讃岐うどんは空海が伝えたという伝承があるが、確かにそうかもしれないと思うのは、西安のうどん（ビャンビャン麺が代表的）は汁で煮ないで、ゆでた麺にソースをかけて食べる。これが讃岐うどんの食べ方とよく似ているのである。

我々は夕食を取ろうと麺類の店に入った。客でごったがえしているので、料理が来るまでにしばらく時間がかかる。

こんな時はビールを飲んで待ちたいものだが、残念ながらイスラム教徒の店には酒類はおいていない。

回坊風情街

「先生はどうして、遣唐使の物語を書こうと思われたのですか」

王さんが水を飲みながらたずねた。

「それを話すと、少し長くなりますが」

そう断わってから、私はいきさつを話すことにした。

きっかけは二五年ほど前、一人で中国を旅したことだった。豊臣秀吉の朝鮮出兵を日明双方の視点で描こうという構想があり、北京、南京《ナンキン》、上海《シャンハイ》、厦門《アモイ》、香港《ホンコン》を三週間ほどかけて回った。

その時感じたのは、日本の歴史や文化は東アジア、特に中国の影響抜きには語れないということだ。漢字、仏教、儒教、道教、年中行事、礼儀作法などなど、日本の根幹をなすものが中国から伝わっている。

日本を花にたとえるなら、中国は根と幹であり、朝鮮半島は枝である。私のふるさとには「咲いた花を喜ぶならば、咲かせた根本の恩を知れ」という言葉があるが、日本の学校では日本史と世界史を分けて教えるので、我々は往々《おうおう》に

して中国から受けた恩を忘れがちである。

これでは日本の歴史と文化を本当に理解することはできないのではないか。私はそんな問題意識を持ち、いつの日か日本と中国を結ぶ小説を書きたいと思った。

ところがテーマが大きすぎるし、その頃の私の力量ではとても手に負えない。それに出版社でもそうした小説を求めていないという事情もあり、いつの間にか忘れ去っていた。

ところが二〇一三年、日本経済界訪中団に加えていただき、北京、西安、敦煌を訪ねた。この時、若き日の宿題をそのまま放置していたことを思い出した。

しかも日中交流の歴史を正しく認識する必要性は、日中関係が難しくなるにつれてますます高まっている。

回坊風情街で食べたビャンビャン麺

(これでは駄目だ。何とかしなければ……)

そんな思いを抱きながら、西安で遣唐使の史跡《しせき》を見て回っていた時のことである。

「阿倍仲麻呂は先生のご先祖じゃないの」

旧知のSさんがそうおっしゃった。

もちろん軽い冗談なのだが、その時私の頭にひらめくものがあった。

(そうだ。遣唐使を書けばいいのだ)

彼らこそ日本を文明国家たらしめるために、命がけで唐に

渡り、厳しい勉学を重ねて、多くの果実を日本にもたらした。その姿を描けば、東アジアの中の日本という視点が生きてくる。

私はそう決意し、それから毎年中国を訪ねて、取材と勉強を重ねてきた。にわか勉強で間に合うほど生やさしいテーマではないので、前途は多難、いつ座礁《ざしょう》するか分からないが、難しいからと尻込みしていては、いつまでたってもこの海は渡れない。

網代《あじろ》の帆を張った小さな木造船で東シナ海を渡った遣唐使たちの勇気。途中で遭難《そうなん》して海に沈んだ者たちの無念を思えば、これくらい何でもないじゃないか。

「そう自分を叱咤《しった》し、船を出すことにしたのです」

私が語り終えた頃に、ちょうどビャンビャン麺が出てきた。

平べったいので、うどんよりきしめんに近い。山椒とスパイスが効いた挽《ひ》き肉入りのソースは、じゃじゃ麺のような味がする。

「失礼ですが、先生はおいくつですか」

「六十二です」

「お若いですね。青年のようだ」

王さんは麺をすすりながら、珍獣《ちんじゅう》でも見るような目を向けている。

驚きながらも面白い奴だと思ってくれたようで、真剣に付き合ってやろうという目の色になっていた。

「あの、安部さん。ひとつ提案があるんですが」

T君はどうやらこのタイミングを待っていたらしい。それなら拙誌で「仏の道」紀行をそろそろ始めてみたらどうですか、と言い出した。

「幸い西安から敦煌までは、三蔵法師や鳩摩羅什《くまらじゅう》師がたどった道でもあります。今度の旅を前半とし、天山南路を後半とすれば、仏教伝来の道の大半をたどったことになります」

「しかし、まだ勉強が足りないしね」

「資料などはこちらで揃《そろ》えます。それに分からないことがあれば、専門の方にアドバイスしていただきますので」

T君はビャンビャン麺になど目もくれず、さあやれ、ほらやれと迫ってくる。そして最後の決め手が次の一言だった。

「ボクも出張で来ていますから、手ぶらで帰るわけにはいかないんですよ」

そうだろうね。それはその通りだ。私は深く納得し、

「それじゃあ、勉強のつもりで書くよ。よろしく頼む」

後先も考えず、そう答えてしまったのだった。

第2回　大慈恩寺大雁塔

東西交流の拠点だった長安と日本

ビャンビャン麺はおいしかった。

幅三センチはあろうかという豪快《ごうかい》な平打ち麺で、スパイスと山椒《さんしょう》が効いた具を合わせてある。

「イスラムの料理はおいしいので、西安《せいあん》でも人気があります」

ガイドの王剛《ワンガン》さんが教えてくれた。

自分が案内した店の料理をおいしいと言ってもらえば誰でも嬉《うれ》しいものだが、王さんは中国文化の奥深さが分かったか、とでも言いたげな得意《どや》顔をしていた。

黄河《こうが》の流域は主に小麦地帯で、主食はパン類と麺である。酒も小麦や高粱《コウリャン》などを原料とした白酒《パイチュウ》で、我々が親しんでいる紹興酒《しょうこうしゅ》をおいている店はほとんどない。

ビャンビャン麺が何となく平打ちパスタのラザニアに似ているのは、シルクロードによるヨーロッパとの交流が古くからあったからだろう。

その麺と料理法が日本に伝わり、麺の形が名古屋のきしめんに、食べ方が讃岐うどんになったと想像すると、世界的な食の交流がうかがえて愉《たの》しい。

中国では西方や北方の異民族を胡人《こじん》と呼んだ。彼らが使うバイオリンのような楽器を胡弓《こきゅう》、激しく回転するダンスを胡旋舞《こせんぶ》と呼ぶが、日本でも日常的に使っている胡椒《こしょう》や胡麻《ごま》、そして夏には欠かせない胡瓜《きゅうり》も胡人たちから伝わったものである。

今でも敦煌《とんこう》に行けば胡旋舞のショーを見せてくれる劇場がある。もともとはサマルカンド地方（ウズベキスタン）に住むソグド人の舞踏《ぶとう》だったが、唐の頃に長安《ちょうあん》に伝わり大流行をした。

遣唐使で知られる大唐国《だいとうこく》と言えば漢民族の王朝だと考えがちだが、皇帝となった李氏《りし》は異民族の血脈《けつみゃく》を色濃く受け継いでいた。

たとえば高祖李淵《こうそりえん》の妻の父はオルドス地方（内モンゴル自治区）で遊牧生活をする匈奴《きょうど》の出身で、彼女が生んだのが唐の太宗李世民《たいそうりせいみん》である。

そのせいか唐の王朝は異民族との交流に積極的で、人や文化、商品なども分け隔《へだ》てなく受けいれた。中央アジアやヨーロッパとの交易が盛んになり、首都長安は東西交流の拠点《きょてん》になった。

しかも唐王朝は、異民族でも能力のある人材は積極的に登用した。遣唐留学生たちはこうした国際的な雰囲気の中で二〇年近くを過ごし、阿倍仲麻呂《あべのなかまろ》のように玄宗《げんそう》皇帝の側近に取り立てられた者もいた。

帰国した者の中にも、長安で親しくなったペルシャ人やインド人を日本に招いた者もいた。また現地の女性と結婚し、生まれた子供を日本に連れて帰り、その子が成長した後、遣唐使の

通事《つうじ》（通訳）となって活躍《かつやく》したという例もある。

ついでに言えば、遣唐使の滞在費用はすべて唐王朝が負担していた。世界中から留学生を受けいれ、最新の学問と思想をさずけて本国に帰し、彼らが国の要人となった時に唐との友好政策をとるように仕向けていく。

こうした先の先を見据《みす》えた政策を、唐はすでにこの頃から実行していた。王さんが中国文化の奥深さが分かったかと言いたげな顔をしたのは、決して故《ゆえ》なきことではなかったのである。

景教が聖徳太子に強い影響を与えた!?

我々が泊まっている西安君楽城堡酒店の近くの南門から西安（長安）城に入り、右に折れてしばらく進むと西安碑林《ひりん》博物館がある。

唐代の石碑《せきひ》を収蔵するために一〇八七年（北宋時代）に作られた西安碑林を母体とするもので、「中国最大の石造の書庫」と呼ばれている。

一〇〇〇基ほどの石碑や、北魏《ほくぎ》、隋《ずい》、唐時代の墓誌《ぼし》三〇〇点ほどが展示されていて、通路を歩くだけでその重みに圧倒されるが、中でも有名なのが、「大秦《だいしん》景教《けいきょう》流行中國碑」（二七頁）である。

大秦とはローマ、景教とはキリスト教ネストリウス派のことだ。ネストリウス派は四三一年に東ローマ帝国で行われた会議によって異端《いたん》として禁止されたために、西アジア、中央アジアに教線《きょうせん》を延ばし、六三五年に唐の長安に達して景教と呼ばれるようになった。

そして七八一年にこの流行碑を景教の大秦寺に建て、景教の教義や中国に伝来した歴史を明示したが、九世紀半ばに即位した武宗《ぶそう》は道教《どうきょう》に傾斜《けいしゃ》し、仏教をはじめ他の宗教を弾圧《だんあつ》した。そのために景教も弾圧され、多くの大秦寺が破壊《はかい》され、石碑も土の中に埋められた。それ以後地中に眠ることおよそ八〇〇年。明代末の一六二三年（一六二五年説もあり）に発見され、現在の場所に安置されたのである。

私がこの碑に強い興味を覚えるのは、長安で仏教化した景教が、北伝仏教（新羅《しらぎ》系統）として日本に伝わり、聖徳太子に強い影響を与えたのではないかと考えているからだ。

太子の名前である厩戸皇子《うまやどのみこ》は、母親が馬屋の前を通りかかった時に生まれたことに由来するというが、何となく馬屋で生まれたキリストの伝承を受け継いでいる感じがする。

それに太子が開いた四天王寺には四箇院《しかいん》（敬田《きょうでん》院、施薬《せやく》院、療病《りょうびょう》院、悲田《ひでん》院）があり、病人や老人などの救済にあたったが、この社会福祉の精神はキリスト教の教会とよく似ている。

太子にゆかりの深い広隆寺がある太秦《うずまさ》は大秦という表記とよく似ているし、寺を創建した秦氏は渡来系の氏族である。太子に仕えた秦河勝《はたのかわかつ》が新羅系統の仏教を信奉し、百済《くだら》系統の仏教を信奉する蘇我《そが》氏と一線を画《かく》していたことも、太子と北伝仏教のつながりをうかがわせる。

景教と聖徳太子の関わりは、久米邦武《くめくにたけ》（一八三九〜一九三一）や佐伯好郎《さえきよしろう》（一八七一〜一九六五）がすでに論じているが、歴史学界では今でも異端、奇説《きせつ》として無視されているようである。

しかし、「ちょっと待ったのヒゲじい」（ＮＨＫ「ダーウィンが来た」より）である。二〇一六年に『平城京』（角川書店）を書くための取材で奈良を訪れた時、私はある博学《はくがく》の方から「高松《たかまつ》

塚《づか》古墳《こふん》の女性の装束《しょうぞく》はソグド人のものだ」と教えていただいた。

もしそれが事実なら、すでにこの頃にソグド人が渡来したか、その文化が伝わっていたことの証拠である。それは中央アジアからモンゴルの草原地帯を通るステップロードによって、そうした交流が行われていたことを意味する。

そのルートに乗って秦氏が渡来し、故国ローマを示す大秦の字を取って秦氏と名乗ったとしても不思議ではないと思うのである。

それに私は、景教の影響を受けて浄土教が生まれたという説を熱烈《ねつれつ》に支持している。

というのは私の実家は浄土真宗の門徒で、幼い頃から父や母から教義を教えられて育ったが、原罪、阿弥陀如来《あみだにょらい》を頼った他力本願、懺悔《ざんげ》による浄化などの考え方がキリスト教とそっくりなのだ。

どうしてこんなことが起こったのか。信仰や文化も極めればおのずと似てくるものかと思ったりしたものだが、浄土真宗の母体となった浄土教が、景教の影響を受けて成立したとすれば、この謎はすっきりと解ける。

両者の類似性に驚いたのは、私ばかりではなかった。はるばるヨーロッパから日本にキリスト教を伝えに来たイエズス会の宣教師たちは、一向宗《いっこうしゅう》の教義を知ってキリスト教とあまりに似ているのに驚き、この宗派がある限り日本にキリスト教が広まる可能性はないと思った。

そこで織田信長に接近し、一向一揆《いっき》を徹底《てってい》的に弾圧するように仕向けた。真偽は定かではないが、そんな説も歴史のこぼれ話の中には落ちているのである。

仏教隆盛の象徴、大雁塔

四月十一日、午前八時十五分にホテル発。

いよいよ本格的な取材開始である。まず長安北路を真っ直ぐに下り、大慈恩寺《だいじおんじ》大雁塔《だいがんとう》（三〇頁）に向かった。

この道は昔の朱雀《すざく》大路、都の中心をなすラインである。ここから見える位置に大雁塔や小雁塔を建てたのは、外国からの使者に仏教隆盛《りゅうせい》の様を見せつけるためだったのだろう。

「大秦景教流行中國碑」。写真は大唐西市博物館（西安）に展示されている拓本

大慈恩寺は六四八年に唐の高宗李治《りち》が亡き母の追善《ついぜん》のために建立《こんりゅう》した寺である。ちなみに母親の長孫《ちょうそん》皇后も異民族である鮮卑《せんぴ》の出身者で、混血王朝の特徴を引き継いでいる。

「この寺にある大雁

塔は、『西遊記《さいゆうき》』で有名な三蔵法師《さんぞうほうし》玄奘《げんじょう》に深い関わりがあります」

王さんが行きの車の中で予備知識を仕込んでくれた。

「玄奘は六二九年にインドに向かい、一六年後の六四五年に仏教の経典や仏像などを持って長安にもどりました」

六四五年といえば、日本では大化改新が起こった年だ。私は頭の中でそんなことを思い浮かべた。

「帰国した玄奘は、弘福寺の翻経院《ほんぎょういん》で経典の翻訳を始めました。やがて大慈恩寺に移ってこの事業をつづけますが、持ち帰った経典や仏像などを保存する建物が必要だと高宗に進言しました。そこで高宗は六五二年に大雁塔を造り、地下に経典などを保存できるようにしたのです」

「こうした事業は、鳩摩羅什《くまらじゅう》の事業を引き継いだものです」

編集者のＴ君が、出番が来たとばかりに博学の一端を披露《ひろう》してくれた。

「鳩摩羅什はインドのカシミール生まれの父と、亀茲《きじ》国（新疆《しんきょう》ウイグル自治区）出身の母の間に生まれました。そして少年の頃に母と共に出家し、カシミールに遊学《ゆうがく》して仏教を学んだのです」

やがて亀茲国にもどって名僧になるも、政治的な争いに巻き込まれ、四〇一年には後秦の第二代皇帝だった姚興《ようこう》の命令で長安に連行されることになった。

その翌年には姚興の奸計《かんけい》に落ちて女犯《にょぼん》の罪を犯し、破戒僧《はかいそう》として還俗《げんぞく》させられることになったのである。

（ちょっと待った）

奸計に落ちて女犯って何？　ヒゲじいはそんな疑問にとらわれたが、T君の真剣な顔を見ると口をさしはさむのが気の毒になった。

「そして玄奘三蔵と同じように、サンスクリット語の経典の翻訳に従事し、四〇九年に他界したのです。臨終《りんじゅう》にあたって彼は、ある予言を残しました」

自分が翻訳した経典に間違いがなければ、火《か》葬《そう》にしても舌だけは焼けないだろうというものだ。そして死後に火葬したところ、他はすべて焼けて灰になったが、舌だけは焼け残ったのである。

T君は鳩摩羅什にひとかたならぬ思い入れがあるようで、その語り口は熱い。三蔵法師という称号を得たのは彼が最初で、玄奘などはそれから二四〇年ほどたって現われた新参者だと言わんばかりだった。

やがて大慈恩寺に着き、玄奘三蔵の銅像の背後に建つ大雁塔を目前にした。

七層の塔の高さは六四メートル。左右対称で、先端に向かって少しずつ細くなっていく姿は幾《き》何《か》学《がく》的な美しさに満ちている。

「わあ、すげえ。よくこんな物を造りましたね」

T君は少年の昔にもどり、驚きの声を上げながら笑っていた。

自分の想像を超えるものに出会った時、人は笑うしかない精神状態におちいることがあるが、T君の反応はまさにそれだった。

「確かに凄《すご》い。今から一三六六年前に、よくこんな物が造れたものだ」

仏教が隆盛した当時の様子が偲ばれる
大慈恩寺大雁塔

大雁塔を見るのはこれで四度目だが、T君の直截《ちょくせつ》な感想のおかげで、私の目も心も新鮮になったようである。この高層建築を造ることができた唐の技術と経済力に改めて感動した。

それが崩れることなく残っているのも奇跡的である。おかげで我々も玄奘三蔵や玄宗皇帝、そして遣唐使たちが見たものと同じ塔を見ることができるのである。

大雁塔の入口には石盤《せきばん》がはめ込まれ、多くの名前が記されている。

「唐の時代に科挙《かきょ》の試験に合格した者は、ここに名前を記されたのです。そしてその人が後に宰相《さいしょう》まで出世すると、名前が朱色《しゅいろ》で書き換えられました」

王さんがそう教えてくれた。

それなら阿倍仲麻呂の名もあるはずだと探してみたが、見つけることはできなかった。

「どうします。上まで登りますか」

T君は私の足腰を心配してくれたようだが、もちろん登るつもりだった。長安を訪れた慈覚大師《じかくだいし》円仁《えんにん》も、開成六年（八四一）二月十三日に大雁塔に登ったと『入唐求《にっとうぐ》法巡礼行記《ほうじゅんれいこうき》』（深谷憲一訳、中公文庫）に記している。

〈大興禅寺の元政阿闍梨《あじゃり》から金剛界の大法を受け終った。金剛界曼荼羅《まんだら》を供養し、また伝法灌《かん》頂《じょう》（真言秘奥《ひおう》最高の法）を受けた〉

そんなめでたい日だったせいか、塔に登ったことは印象が薄かったようで、〈また慈恩寺の塔に登った〉と短く記しているだけである。

科挙に合格した人々の名前を記した「雁塔題名」を見つめる著者

実は私には、どうしても登りたい理由があった。二〇年来お世話になってきた赤山禅院《せきざんぜんいん》の叡南覚照《えなみかくしょう》阿闍《あじゃ》梨《り》が四月九日に亡くなられたと、中国に着いた直後に知らせがあった。

そこで塔に登りながら、ご冥福《めいふく》を祈りたかったのである。長年「御前様」と呼んできたのでここでもそう書かせていただくが、御前様は比叡山の千日回峰行《かいほうぎょう》を終えられた大《だい》行満《ぎょうまん》で、法力を身につけておられた。

回峰行の最後の試練である堂入りでは、十日間不眠不臥《ふが》、水も食も断って護摩《ごま》を焚き続ける。

この極限状態の中で御仏《みほとけ》に出会うのだと、多くの行者が語っておられる。そしてこの行を終えると法力が身につき、その力を衆生《しゅじょう》におよぼして救済するのである。

私は疑り深いばかりか、自分の実感や直感しか信じない偏屈《へんくつ》な質《たち》なので、初めはそんなことが本当にあるとは信じられなかった。

ところが御前様に接するうちに、「ああ、本当なんだ」と思えるようになった。

御前様はご自分を誇ることも説教がましいことも一切おっしゃらない。ところが二、三時間同席させていただき、お茶を飲んだりテレビを見たりしているうちに、胸がすーっと軽くなるのである。

そして自分の悩みや行き詰まりがいかに小さなことかが分かって、いつの間にか苦難の壁を乗り越えている。そんな体験を何度もしたが、ある時信じ難いことが起こった。

第3回　古都に佇む唐代の面影

用意されていたお祝いの品

出会ってから一〇年ほどたった頃、京都赤山《せきざん》禅院《ぜんいん》の御前様（叡南《えなみ》覚照《かくしょう》阿闍梨《あじゃり》）は病気になられた。医師からは病院での絶対安静を指示されたが、仏門の徒は御仏《みほとけ》以外に頼るものはないとお考えになったのだろう。病院を出て赤山禅院の庵室《あんしつ》で静養《せいよう》されることになった。私も一度お見舞いに行ったが、雑菌《ざっきん》が入らないように部屋に遮蔽《しゃへい》カーテンをつけた状況で、関係者以外の面会は厳しく制限されていた。

その時は中に入れていただいたが、これではかえって迷惑になると思い、その後は見舞いに行かなくなった。

それから五年が過ぎた頃、私は『等伯』（文春文庫）で直木賞をいただいた。こうした作品を書くことができたのは、御前様と親しくさせていただき、御仏の世界があると抵抗なく思えるようになったからである。

中でも長谷川等伯が描いた日堯《にちぎょう》上人が、比叡山《ひえいざん》で信長に殺された者たちの怨念《おんねん》を折伏《しゃくぶく》するという場面は、御前様の教えなくしては描けなかった。

だからどうしてもお見舞いとご報告に行きたいと思ったが、何しろ五年もの無沙汰《ぶさた》である。御前様のご容体がどうなのか分からないし、電話でたずねるのもはばかられる。

どうしたものかと考えた末に、謝辞《しゃじ》を書いた受賞作を持って訪ねることにした。お目にかかることができなくても、本だけお届けすればいいと思った。

庵の玄関口で訪《おとな》いを入れると、顔見知りのお弟子さんがびっくりした顔で迎えてくださった。看護役の初老のご婦人も、「まあ」と言ったまま絶句しておられる。

（まさか、もう）

他界されたのではないかと不安がよぎったが、御前様はお元気だった。

さすがにやせ細って横になられたままだが、表情も目の輝きも以前と変わらない。しかも部屋には遮蔽カーテンもなく、間近で話すことができた。

「お陰さまで直木賞をいただくことができました」

そう報告して本を見せると、御前様は初老のご婦人に手だけで合図をされた。喉《のど》の手術をされて声を失っておられたからである。

ご婦人はベッドの棚から大きな祝儀袋を取り出し、

「これは受賞のお祝いです。御前様はあなたが必ず来るから用意しておけと言って、いつもここに置いておられたのです」

そう教えてくださった。

この時の感激と驚きは今も忘れない。以前にお付きの方から「御前様は遠くの様子が見え、未来のことが分かっておられます」と聞いたことはあった。

今、京都駅に知り合いが降り立った。あと三〇分ほどで来るから用意しておけ。何の連絡もないのに、御前様がそう言われる。すると三〇分後にその人が来ることが何度もあったという。

(ホンマかいな)

大雁塔の最上階から西安市内の西方を望む。多くの人々がここから西域に想いを馳せただろう

合理主義教育で育った私には、そこまで信じることはできなかったが、御前様は祝儀袋を用意しておくことで、それが事実だと教えてくださったのである。

それからさらに五年。再び見舞いに行くこともできないまま慌《あわ》ただしい日が過ぎた。そして取材のために西安《せいあん》に着いたその日に、御前様の訃報《ふほう》に接することになった。

これも何かの御縁かもしれないと、大雁塔《だいがんとう》の螺旋状《らせんじょう》の階段を登りながら、ご冥福《めいふく》を祈って不動明王の真言を唱えつづけたのだった。

大雁塔から見た西安の街

玄奘三蔵《げんじょうさんぞう》がインドから持ち帰った経典や仏像などは、大雁塔の地下の収蔵庫におさめられている。

仏宝を足の下にしながら登る階段は、当時の人々には一歩一歩が悟りへの道程《みちのり》だと感じられたことだろう。

階段は上に行くほど狭く急勾配《きゅうこうばい》になる。だんだんと息が上がり足腰も辛《つら》くなるが、途中で音《ね》を上げるわけにはいかなかった。

「少し休みましょう。外は素晴らしいながめですよ」

編集者のＴ君が気遣ってくれた。

塔の四方には窓がある。レンガの壁に開けた狭い通路を通ってそこまで行くと、眼下に西安の街を見渡すことができた。

両側に街路樹を植えた広々とした道が、東西南北に真っ直ぐにつづいている。

北をのぞめば長安《ちょうあん》城の高い城壁がつらなり、その背後に唐《とう》の宮殿だった大明宮《たいめいきゅう》の遺跡が広がっている。

長安城の東側にある広々とした公園は、玄宗《げんそう》皇帝が太極宮、大明宮とともに一時期、政務を執った興慶宮《こうけいきゅう》の跡地である。

「すごい規模だね。さすがは中国だ」

当時の長安の人口は一〇〇万人だったという。まさに世界一の規模を誇る都であり、最新の文化、文明が華開いた街だった。その頃から大雁塔は観光スポットでもあったのだろう。多くの文人や政治家たちが登り、競うように詩を残している。

岑参《しんじん》（七一五〜七七〇）もその一人で、「高適《こうせき》・薛拠《せつきょ》と同《とも》に慈恩寺《じおんじ》の浮図《ふと》（塔）に登《のぼ》る」という詩が『唐詩選（上）』（岩波文庫）に収められている。

〈塔勢《とうせい》　湧出《ゆうしゅつ》する如《ごと》く　孤高《ここう》　天宮《てんきゅう》に聳《そび》ゆ　登臨《とうりん》　世界《せかい》を出《い》で　磴道《とうどう》　虚空《こくう》を盤《めぐ》る〉

塔は地から湧き出たような勢いで、ただ一人天宮にそびえている。塔に登れば世界から抜け出したようで、螺旋状の階段を行けば大空を旋回しているようだ。

まさにその通りと手を叩《たた》きたくなる的確な表現で、漢詩のレベルの高さには頭が下がるばかりである。

高層の窓からの眺《なが》めについて、岑参は次のように謡《うた》っている。

〈連山《れんざん》は波濤《はとう》の若《ごと》く　奔走《ほんそう》　東《ひがし》に朝《ちょう》するに似《に》たり　青松《せいしょう》　馳道《ちどう》を夾《さしはさ》み　宮観《きゅうかん》　何《なん》ぞ玲瓏《れいろう》たる〉

遠くつらなる山々は波のうねりのようで、東へ東へと向かっている。青い松並木は都大路の両側につらなり、その先にそびえる宮殿の屋根が、何と美しく輝いていることだろう。

我々は最上階まで登り、この光景をつぶさに見た。そうして唐代の詩人と心通わすことがで

薦福寺内に建つ小雁塔。この碑塔も激動の時代を泰然と見守りつづけたのだろう

きたのも、大雁塔が保存されているお陰だった。

次に小雁塔《しょうがんとう》（本頁）に向かった。

こちらは唐の中宗《ちゅうそう》が父高宗《こうそう》の追善のために、景龍《けいりゅう》年間（七〇七～七一〇）に造営したもので、当初は一五層八八メートルの高さがあったという。

ところが細くて高い構造が災いし、明《みん》代に起こった地震によって塔がくずれ、今では一三層四三メートルになっている。

「あの塔の真ん中を見てください。縦に裂け目があるでしょう」

ガイドの王剛《ワンガン》さんが塔を見上げて指さした。

確かに最上階のあたりにそんな痕跡《こんせき》があった。

「明の頃の地震によって、この塔は二つに裂けました。ところが次の地震によって元に戻ったそうです」

そんな都合のいい話があるだろうかと思ったが、塔の下層にそのような記録が残されている。

しかし一九六四年に修理が行なわれたので、今はそれほど目立たないという。

そうした来歴もさることながら、私が驚いたのは中宗の頃にこれだけの建物を造る力があったことである。

中宗の母である則天武后《そくてんぶこう》は、夫の高宗が存命中から政治の実権を握り、彼の死後には自ら女帝となった。そうして唐王朝を廃し、自らが武氏の出身であったことから武周《ぶしゅう》と国名を変えた。寵臣《ちょうしん》をはべらせ、逆《さか》らう者を根絶やしにして独裁政治を行ない、神龍《しんりゅう》元年（七〇五）に八十二歳で引退して中宗に位をゆずった。

ところがその五年後、中宗は韋《い》皇后と娘の安楽公主《あんらくこうしゅ》に暗殺された。二人は武后にならって女帝の世を築こうとしたが、一カ月後に李隆基《りりゅうき》（玄宗）が決起して、二人を殺して唐王朝を復する。

そんな混迷の時代に八八メートルもの小雁塔を築けたのはなぜだろう。

政治の混乱など物ともしないほど、皇帝の経済力が大きかったのか。それとも中宗や韋皇后の物語は、玄宗が己の正統性を喧伝《けんでん》するために作らせた偽史なのか。

私は真っ二つに割れたという小雁塔を見上げながら、そんなことを考えていた。

空海が聖書を持ち帰った!?

小雁塔から東へ四キロほど行くと青龍寺《せいりゅうじ》がある。隋《ずい》の時代に創建されたが、唐の初期に廃寺になった。ところが龍朔《りゅうさく》二年（六六二）に再建され、観音寺《かんのんじ》と命名された。

この頃は則天武后が政治の実権を握り、仏教擁護《ようご》を推し進めていた。寺の再建はその影響によるものだろうが、武后の後継者たちが粛清《しゆくせい》された景雲《けいうん》二年（七一一）になると寺の名が青龍寺に改められた。

空海《くうかい》が留学して密教を学んだ寺として知られ、日本からの参拝者も多いが、史跡としてはほとんど何も残っていない。

日本の関係者からの寄贈によって建てられた恵果《えか》空海記念堂や空海記念碑が目立つばかりである。

記念堂の祭壇には、不動明王を中にして左右に空海と恵果の像が安置されている。恵果は空海の師で、真言八祖の一人に数えられる高僧である。

寺は西安東郊の高台にあり、市内を一望することができる。おそらく長安防御の役割もになっていたと思われるが、唐が財政危機におちいると広大な所領を持っていたことが災いして、会昌《かいしよう》五年（八四五）に廃寺にされてしまったのだった。

「先生、知っていますか。空海は新約聖書を日本に持ち帰ったんですよ」

王さんが事もなげに言った。

「ほんとですか」

「親しくしていた大秦寺《だいしんじ》の僧から景教を学んだと、何かの本で読んだことがあります」

もしそれが事実なら、景教（キリスト教ネストリウス派）が浄土宗や浄土真宗に影響を与えたという説も俄然《がぜん》真実味をおびてくるが、何の本に書かれていたか思い出せないという。

「家に帰って調べてみます。分かったら知らせますから」

寺巡りを終えて遅い昼食をすませると、陝西《せんせい》歴史博物館に行った。

西安は周《しゅう》王朝（紀元前一〇四六～前二五六年）の頃からの要地で、秦《しん》、漢《かん》、唐の時代には都がおかれていただけに、展示物は気が遠くなるほど豊富である。

旅行社の計らいで唐代に詳しい研究者の方に案内していただいたので、説明は微に入り細をうがっている。しかもガイドの王さんが補足説明を加えるので、ひとつの展示品の前に一〇分ほど立ち止まるということがザラだった。

この博物館から生きて出られるだろうかと、私とT君は暗い顔を見合わせたが、二人の案内のお陰でこれまでぼんやりとしか分からなかった唐の様子が、頭の中でかなり明確な像を結ぶようになった。

その中から興味深いものをいくつか紹介したい。

まず目についたのは展示室の入口に置かれた二つの甕《かめ》（四二頁）である。高さ一メートルくらいの大きなもので、肩のあたりに拳大《こぶしだい》の穴が開いている。

これは漢の頃の縄目文様《なわめもんよう》（縄文土器的）の甕で、中には一〇〇〇点近い宝物が入っていた。肩に開いた穴は盗掘団が洛陽《らくよう》シャベル（長い棒の先にスコップ状の丸型の金属をつけたもの）で突いたためにできたもので、もう少しで盗まれるところだったという。

発見されたのは一九七〇年、場所は西安市南郊の何家《かか》村で、中には国宝級の品々がぎっしりと詰め込まれていた。

陝西歴史博物館に展示されている穴が開いた甕（左）と水牛の杯（右）

おそらく長安が外敵に襲われた時、この地に住んでいた誰かが避難する前に埋めたのだろう。世の中が治まったなら戻ってくるつもりだったのだろうが、ついにそれは叶《かな》わなかったのである。

入っていたのは唐代の品々だというから、玄宗皇帝の時に起こった安禄山《あんろくさん》の乱が引き鉄《がね》になったのかもしれない。

宝物の中で特に目を引くのは、瑪瑙《めのう》で作った水牛の頭の形をした杯（本頁）である。一塊《ひとかたまり》の縞《しま》瑪瑙から削り出して作ったもので、水牛の口先は金でおおわれている。

側に展示してある金碗は、蓮の弁を内側から打ち出したもので、弁の中には鸚鵡《おうむ》や鴻雁《こうがん》などが細やかな線で描かれている。しかも面白いことに、碗の内側に九両三（約三四九グラム）という器の重さが墨書《ぼくしょ》されているのである。

重さを記すのは唐代の金銀器を管理する方法だというが、この持ち主はいったいどんな職業の人か気になるところである。役所や寺ならそんな方法で保管するだろうが、日常的に使っている者が墨でこんなことを書きつけるとは思えない。

すると宝物を甕に詰めて隠したのは、皇帝の別荘の役人か大寺の僧の可能性が高いと思うが、いかがだろうか。

唐代の陵墓壁画が現代に伝えるもの

壁画のコーナーも素晴らしかった。ここには西安やその周辺で出土した、唐代の陵墓《りょうぼ》壁画一〇〇〇平方メートルほどを収蔵している。

唐代壁画展示室で見た宮女の壁画

唐代には皇族が死んだ時には巨大な墓に埋葬《まいそう》し、壁には往時の生活を偲《しの》ばせる壁画を描いた。来世でも現世と同じ生活ができるようにと願ってのことだ。

この壁画は当時の様子を知るための一級の資料なので、特殊《とくしゅ》な加工をして壁面からはずし、博物館に展示してある。

埋葬者にとっては迷惑なことだろうが、見学者にとってはまるでタイムマシンでその頃に戻ったような臨場感がある。まして遣唐使の小説を書こうとしている私には、当時の衣・食・住や儀礼などを教えてくれる宝の山である。

中でも重要なのは、懿徳《いとく》太子（六八二～七〇一）と永泰《えいたい》公主（六八四～七〇一）の墓から発見された壁画である。

二人は則天武后の孫にあたるが、彼女の寵臣であった張《ちょう》兄弟の排除を企てたとして処刑された。

ところが武后が死んだ後、父親である中宗が二人の名誉を回復し、乾陵《けんりょう》の近くに陪葬《ばいそう》した。

その墓に描かれたのは、唐王朝の暮らしそのものである。

「凄《すご》いですね。もうこの頃から、こんな生活をしていたんだ」

出陣や舞楽、狩猟、宮女などの様子を描いた絵の前で、T君は茫然《ぼうぜん》と立ち尽くしている。

ワンピース風のロングドレスを着て肩に絹のスカーフをかけた宮女（四三頁）たちは華やかだし、狩猟図からは豹《ひょう》を飼いならして猟犬のように使っていたことが分かる。

それは我々の古代史のイメージをはるかに超えた、近代的とも言える豊かさなのである。

第4回　西安から蘭州へ

皇帝が天を祭った天壇遺跡

四月十二日、取材三日目は雨になった。

古《いにしえ》の長安《ちょうあん》の都を霧雨《きりさめ》がおおっている。あまり雨が降らない土地で、日頃は道路に積もった黄《こう》砂《さ》が舞い上がらないように散水車を出しているほどだ。

街路に植えられた木々にとっても恵みの雨で、ほこりにおおわれた葉が雨に洗われて瑞々《みずみず》しく輝いている。しだれ柳に降る雨が、漢詩の題材にされることが多いのはそのためだと、改めて納得した朝だった。

我々は手早く朝食を終え、陝西《せんせい》師範大学の南キャンパスの中にある天壇《てんだん》遺跡（四六頁）を訪ねた。

天壇とは皇帝が天を祭るための祭壇《さいだん》で、国家の重要な儀式の際には必ず壇上に立ち、天意によって政治を行なっていることを天下に示した。

西安《せいあん》市の天壇は隋《ずい》の時代に建てられ、唐代になっても使用された。明清《みんしん》の時代に使われた

西安天壇遺跡。奥に見えるのが天壇で、その上に咲き乱れるのが桐の花

北京《ペキン》の天壇より一〇〇〇年ほど古いものである。

遺跡の高さは八メートル、底部の直径は五四メートル。土で造られた四層構造の円壇《えんだん》で、表面は白漆喰《しっくい》で塗り固められている。

最上部には皇帝が天に祈りを捧げるための建物（北京の天壇では祈年殿と呼ぶ）があったはずだが、今は更《さら》地《ち》になっている。

最上部から放射状に一二本の通路が延びているのは、古代中国の天球分割法である十二辰《じゅうにしん》に従ったものだ。

上に登ることは禁じられているが、則天《そくてん》武后《ぶこう》や玄宗《げんそう》皇帝もこの上に立って天に祈りを捧げたのかと思うと感慨《かんがい》もひとしおだった。

「以前は荒れ果てて、ただの小高い丘のようになっていましたが、近年になってずいぶん整備されました」

ガイドの王剛《ワンガン》さんが教えてくれた。

二〇一四年、西安市は「天壇遺跡公園コンセプト計画」を採択し、遺跡を中心とした公園を造ることにしたという。

含元殿遺跡。その広大さからは世界に権勢を誇った唐王朝の様子が偲ばれる

公園のまわりには桐《きり》が植えられ、紫色の美しい花をつけていた。まるで桜のように咲き乱れる桐の花は、日本ではあまり見ることのできない景色だった。

次に大明宮《たいめいきゅう》に向かった。

長安の都は東西約九・七キロ、南北八・六キロで、条里《じょうり》制《せい》によって整然と区画された長方形の城塞《じょうさい》都市だった。

内裏《だいり》である太極宮《たいきょくきゅう》もこの内側にあったが、低湿地で住環境が悪いので、北東部にあった龍首山《りゅうしゅざん》に大明宮を建てて移り住んだ。

その広さは東西約一・六キロ、南北約二・二キロ。都から北に不自然に突き出したこの地に、皇帝は常時住んで政務をとるようになった。

この地は一九五七年から二〇〇八年まで発掘調査が行なわれ、今は史跡《しせき》公園として整備されている。以前は多くの人々が暮らす村だったが、全員を立ち退かせた後、唐代の建物が復原されつつあるのだった。

「凄《すご》い広さですね。これでは二、三時間かけても回りきれませんよ」

編集者のT君は時計を気にしている。この先の予定もあるので、時間も体力も温存しておきたいらしい。

「大丈夫。便利なものがありますから」

王さんが入口の近くにあるカート乗り場に案内してくれた。

我々はまず含元殿《がんげんでん》（四七頁）を訪ねた。

大明宮の表門である丹鳳門《たんほうもん》から北に六〇〇メートルほど行くと、含元殿がある。往時は東西七三五メートルの広さがあったというが、今はその一部が復原されている。

ここでは皇帝が年に二回、元日と冬至の日に外国の使節と対面した。玄宗皇帝の頃には、その数は七〇カ国にのぼったというから、まさに中華、天下の中心としての威容《いよう》を誇っていた。現代にたとえるなら、ニューヨークの国連センターといったところだろう。

含元殿の後方には、皇帝が政務をとる宣政殿《せんせいでん》、常の住居である紫宸殿《ししんでん》、後宮にあたる蓬崍殿《ほうらいでん》が一直線に並び、その北側に納涼《のうりょう》のための太液池《たいえきち》がある。

池の西側にある麟徳殿《りんとくでん》は後宮のひとつだが、時には外国の使者との対面の場所としても使った。

西暦七〇二年に遣唐使《けんとうし》として長安を訪ねた粟田真人《あわたのまひと》は、この御殿で中国唯一の女帝である則天武后と対面した。

残虐《ざんぎゃく》、強権《きょうけん》で知られた女帝だけに真人もさぞ緊張しただろうが、武后は真人を「よく経史《けいし》を読み、属文《ぞくぶん》を解し、容止（姿）温雅《おんが》なり」と高く評価し、司膳員外卿《しぜんいんがいけい》という官職を与えた。

この瞬間、白村江《はくそんこう》の戦い以来三九年もの間断絶《だんぜつ》していた日本と唐の国交が回復し、これ以後

円滑に遣唐使を受け容《い》れてもらえるようになった。

ちなみに日本という国名が国際社会に認められたのも、この時からである。その舞台となった麟徳殿の跡地は草におおわれ、ただ茫漠《ぼうばく》と広がっていた。

世界に開かれた唐王朝を象徴する女性たち

麟徳殿の側にはサッカーのグラウンドほどの空地があり、馬に乗ってポロをする人々の姿を写したオブジェ（五〇頁）が立ててあった。

しかも馬に乗っているのは豊満《ほうまん》な体をした女性たちである。

「ここはポロを行なった所です。唐の時代には、女性も馬に乗り競技をしました」

大明宮博物館の女性学芸員の方が説明してくださった。

唐代の女性は開放的である。

高く髪を結い上げ、胸の開いたドレスを着て、馬を乗りこなしている。長い中国の歴史の中でも、女性が堂々と馬に乗るのはこの時代だけだという。

これは唐王朝が北方の遊牧民の血を引いていたためで、前述したように、唐の高祖李淵《こうそりえん》の妻もオルドス地方（内モンゴル自治区）の匈奴《きょうど》系民族にゆかりがある。

二人の間に生まれたのが太宗李世民《たいそうりせいみん》で、彼も遊牧民である鮮卑《せんぴ》族から妻を迎えている。

それゆえ女性が馬に乗ることにも活発に行動することにも寛容で、後宮の女性たちも盛んに

ポロを楽しむ唐代の女性たちのオブジェ

ポロを楽しんだ。あるいは外国の使者の前で、ポロの試合を披露《ひろう》したかもしれない。

そうした開放性が、世界に門戸を開いた唐王朝の政策につながっている。諸外国からの留学生を積極的に受け入れたし、成績優秀な者は人種の隔《へだ》てなく重用した。

弘法大師空海《くうかい》も、そうした扱いを受けた一人である。西暦八〇四年に留学僧として唐に渡った空海は、翌年五月に青龍寺の恵果《けいか》和尚に師事し、八月には阿闍梨《あじゃり》の位を授けられている。

恵果が日本からの留学僧にこうした特別の計らいをしたのは、空海の学識が抜きん出ていたためだろうが、人種にこだわらない開明的な空気が唐にあったことも、その一因だったにちがいない。

我々が中国を訪ねる数カ月前から、日中合作映画『空海』が上映されていた。

求道者空海の姿を見たくて映画館に足を運ん

興慶宮(西安)に建てられている阿倍仲麻呂記念碑を見つめる著者

だ私には、いささか期待はずれだったが、中国の若者たちはこの映画をどう見たのだろう。

そのことが気になって、案内してくれた女性の学芸員にたずねてみた。

「面白かったですよ。恋の物語だから良かった」

そんな答えが返ってきた。

中国語の副題は「妖猫伝」。化け猫となってまで楊貴妃《ようきひ》の遺体を守ろうとする男の、一途な思いに感動したという。

やはり悲恋《ひれん》は世界最強のドラマ手法《ツルギー》である。

「ロミオとジュリエット」がそうであるように、国民性や人種のちがいを飛び越えて、人々の胸に確実に届く。

私はうら若き学芸員の話を聞きながら、これから書く遣唐使の物語にも恋の要素を取り入れるべきだという思いを強くしていた。

唐で重用されたと言えば、阿倍仲麻呂《あべのなかまろ》がその代表である。

七一七年に十七歳（二十歳説もある）で唐に渡った仲麻呂は、科挙《かきょ》の試験に合格し、玄宗皇帝に重用されるようになった。

今日にたとえるなら秘書室長に任じられ、皇帝が発給する文書の起草をしていたのだから、政権の中枢にいたと言っても過言ではないだろう。

その仲麻呂が勤務した興慶宮《こうけいきゅう》の跡を訪ねた。玄宗皇帝が皇太子の頃から住んだ宮殿で、即位後もここで政務をとった。

今は興慶宮公園となり、玄宗が政務をとった「勤政務本楼」の礎石や復原された龍池、池のほとりの沈香亭《ちんこうてい》などがあるばかりである。

「あの沈香亭は沈香木を使って建てられ、まわりには牡丹《ぼたん》や芍薬《しゃくやく》が植えられていました。玄宗皇帝はここで楊貴妃と花を楽しみ、李白《りはく》を招いて詩を詠《よ》ませたのです」

王さんが説明し、その席には阿倍仲麻呂もいたはずだと付け加えた。

この時李白が詠んだ「清平調詞《せいへいちょうし》」三首が『唐詩選（下）』（岩波文庫）に収録されている。その冒頭は次の通りである。

〈雲《くも》には衣裳《いしょう》を想《おも》い花《はな》には容《よう》を想《おも》う　春風《しゅんぷう》檻《おばしま》を払《はら》って露華《ろか》濃《こま》やかなり〉

雲を見れば美しい衣裳、花を見ればうるわしき顔《かんばせ》が思われる。春風は檻（牡丹園のまわりの手すり）をすり抜けて吹き寄せ、露の玉が花の表にきらめいている。

楊貴妃を称賛《しょうさん》する詩で、その場で曲に乗せて歌われた。

この華やかなシーンは映画『空海』の中でも、楊貴妃と玄宗の幸せの絶頂期として描かれて

いた。

この日、李白は二日酔いで寝ていたが、命を受けるとただちに参内し、三首の詩をたちどころに作った。

玄宗はこれを高く評価したが、宦官《かんがん》の高力士《こうりきし》が讒言《ざんげん》したために官途《かんと》につくことができなかった。

この高力士こそ、安禄山《あんろくざん》の乱によって玄宗皇帝が都を追われた時、玄宗の命を受けて楊貴妃を絞殺《こうさつ》した男なのである。

「街亭の戦い」の舞台・甘粛省天水

四月十三日、朝六時十五分にホテルを出発。まだ薄暗い道をたどって西安北駅に着いた。

ここで中国自慢の高速鉄道に乗り、蘭州《らんしゆう》へ向かった。日本の新幹線よりひと回り大きく、天井が高く座席もゆったりとしている。

我々は朝食のパンと果物、牛乳を食しながら、飛び去っていく窓の景色をながめていた。宝《ほう》鶏《けい》駅を過ぎると甘粛省《かんしゆく》天水《てんすい》にさしかかる。ここは秦《しん》の始皇帝《しこうてい》の出身地であり、漢の武帝ゆかりの地でもある。

天水という地名は、雨水をためた池が多かったことにちなんで武帝が名付けたという。

「先生は、〝泣いて馬謖《ばしよく》を斬《き》る〟という言葉をご存じですか」

うとうとと居眠りしかけていると、王さんの厳しい質問が飛んできた。

「確か諸葛孔明《しょかつこうめい》が愛弟子の馬謖を、内心泣きながら処刑した故事に拠《よ》ると思いますが」

「そうです。『三国志』の中に記された故事ですが、その原因となった街亭《がいてい》の戦いはこの天水で行なわれたのです」

西暦二二八年、蜀《しょく》の諸葛孔明は満を持《じ》して西への進攻作戦に取りかかり、天水を占領した。これに対して魏《ぎ》は天水を奪回《だっかい》するための大軍を派遣した。

諸葛孔明はこれを討つべく馬謖に大軍をさずけて出兵させたが、馬謖は諸葛孔明の指示に背《そむ》いて山上に布陣したために、魏軍に水の手を断たれて大敗した。

そのために諸葛孔明は、馬謖を斬らざるを得なくなったのである。

「天水から蘭州にかけた一帯は、緑の大地と砂漠地帯の境目になります。農耕民族である漢族と遊牧民族の境目でもあるのです」

確かに窓の外には砂質の山がつづき、段々畑には小麦が植えられている。そうして先に進むにつれて緑の木々が少なくなり、黄砂に埋もれた不毛の山と化していく。

そうした山の中腹に、同じ形をした穴が縦横にいくつも並んでいるのが見えた。鎌倉のやぐらに似ているので墓かと思ったが、横穴式の住居で今も人が住んでいるという。

「窯洞《ヨウトン》といいます。戦争をさけて山中に逃げ込んだ人々の子孫が暮らしているのです。夏涼しくて冬暖かいので、案外快適みたいですよ」

よく見ると電線が通っているので、穴の中には電化製品があるらしい。日本で言えば落人《おちうど》の里のようなものだろう。

東方宮の蘭州ラーメン。市内はラーメン店であふれており、家ごとに行きつけの店があるほど生活に根づいている

午前十時五十二分。蘭州東駅に着いた。

蘭州市は黄河のほとりに開けたおよそ東西一七三キロ、南北九〇キロの細長い町で、人口は四二〇万人。甘粛省の省都である。

漢の武帝はここに城を築き、西からの異民族の侵入にそなえた。城を「金城」と命名したのは堅固な城という意味もあるが、この周辺で金が採れることにも由来している。

我々が真っ先に向かったのは東方宮。蘭州ラーメンの有名店である。黄河流域は小麦が中心で米は栽培《さいばい》されていない。だから主食はパンと麺類《めんるい》で、蘭州の人々は朝からラーメンを食べる。

ちなみに拉麺《ラーメン》の「拉」は引っ張るという意味で、両手で引っ張って麺に仕上げていくことから名付けられたものだ。

一杯七元（約一一〇円）、これに卵、牛肉を加えると一七元になる。素《す》ラーメンを食べて麺そのものを味わうのが地元の流儀らしいが、我々は贅沢《ぜいたく》して牛肉、卵入りをいただいた。

京都の醤油《しょうゆ》ラーメンに似た味で、麺はさすがに

絶品である。これに黒酢と辛いラー油を入れて食べるのが旨いと、王さんはスープが赤く染まるほどラー油を入れていた。

西安から西へ進んで河西回廊《かせいかいろう》を通るためには、蘭州で黄河を渡らなければならない。黄河はここからいったん北東に流れ、内モンゴル自治区を通り、大きく南へ迂回して陝西省と山西省の間を抜ける。

蘭州はかなり上流にあたるが、川幅も広く流れも速い。この川をどうやって渡るかが、鳩摩《くま》羅什《らじゅう》や玄奘三蔵《げんじょうさんぞう》も悩まされた難関だった。川幅は二〇〇メートルほどあるので橋をかけるのは無理だし、渡し船を作るための板も手に入らなかった時代である。

その時使われたのが羊筏《ようはつ》（五八頁）。羊の皮に空気を入れ、筏《いかだ》の木組みの下に並べて浮き袋にしたものである。

それに乗って黄河を渡る体験ができるというので、勇んで出掛けることにしたが、元気者のT君が妙に浮かない顔をしている。

具合でも悪いのかとたずねると、

「ボク、泳げないんです」

うつむきがちな小さな声が返ってきた。

第5回　炳霊寺石窟

鳩摩羅什も黄河を羊筏で渡った!?

我々三人は黄河《こうが》を渡るべく羊筏《ようはつ》乗り場へ急いだ。

私は危ないことが好きである。危ない橋があると、臆病者なのについ足が向く質《たち》で、どんな乗り物かと胸をときめかせている。

ガイドの王剛《ワンガン》さんは手慣れたもので、わが黄河を堪能《たんのう》せよとばかりに悠然《ゆうぜん》と構えているが、気の毒なのはT君だった。

泳げないというハンディは、こんな場合どんな類《たぐい》のプレッシャーになるのだろう。言葉の通じない国で、ガイドとはぐれた旅行者のようなものだろうか。

「鳩摩羅什《くまらじゅう》もここを渡ったんだろうね」

私はT君に話を向けた。

「そうですね。涼州《りょうしょう》（甘粛《かんしゅく》省武威《ぶい》市）から長安に向かう時に渡ったと思います」

1950年代までは橋がなかった黄河。その両岸に暮らす人々にとって、羊筏は貴重な交通手段だった

T君は上の空である。

「すると彼も羊筏に乗ったんだろうか」

「そうでしょうね」

「彼は泳げたのかね」

「さあ、どうでしょう。彼が生まれた亀茲《きじ》国は砂漠地帯なので、泳ぐ習慣はなかったんじゃないでしょうか」

「それなら条件は同じじゃないか。鳩摩羅什の気持に近付けるということだ」

私はそう言ったが、T君は懐疑《かいぎ》的である。正直言ってそれどころじゃないですからと、強張った顔に書いてあった。

黄河にそって木々の植え込みがあり、市民のいこいの場になっている。そこからスピーカーの大音量で歌が聞こえてきた。

愛好家が集まって喉《のど》自慢大会のようなものを開いている。歌われているのは民謡や『三国志』の英雄たちを題材にした歌らしい。

高い音程がつづく旋律《せんりつ》は、インドの歌に似ている。ここはチベットに向かう通路でもあるので、相互に影響を与え合っているようだ。

いよいよ筏《いかだ》乗り場に着いた。観光の目玉になっているようで、何台もの羊筏がテントの下に立てて並べてある。縦三メートル、横二メートルくらいの木組みの下に、風船のようにふくらませた十二、三体の羊が並んでいる。

おそらく腹を裂き、肉や内臓や骨を抜き、再び縫《ぬ》い合わせたのだろう。そして首と四本の足先を縛《しば》って空気を入れると、生前の姿によく似た羊の浮き袋ができる。

初めは砂漠を渡る時に水を入れる袋として作られたのだろうが、やがてこうした用途にも適していることが分かったのである。

「表面にテカテカと塗ってあるのはラードです。皮の劣化を防ぐためですが、二年か三年しか使えないそうです」

王さんが説明してくれた。

救命胴衣をつけて、いざ乗船。川岸に引き寄せられた筏に、私と

炳霊寺の入口へと向かう。高くそびえ立つ姉妹峰が温かく迎えてくれているようだ

王さん、T君の順に乗り込んだ。

船頭は櫂《かい》一本を巧みにあやつり、川の中央へ漕《こ》ぎ出していく。茶色に濁った川の流れは案外速く、筏は下流へどんどん押し流されていく。

川底の地形に従って、流れは刻々と変化する。大きく盛り上がったり、波の谷間に落ちるように落下したりと、まるで荒馬乗《ロデオ》りのようである。

私は足を踏ん張り、筏につけた手すり代わりの綱を握り締めた。スリルと迫力は満点で、大自然と渡り合う不思議な歓喜が胸の内からわき上がってくる。

王さんはふくよかな丸顔に余裕の笑みを浮かべているが、後ろではT君がジェットコースターに乗った女子高生のような悲鳴《ひめい》を上げている。

大の男がいったいどうしたのかと後ろを見ると、T君は悲劇の真っ最中だった。どうした訳か後ろ向きに筏に乗っていたのである。

（そりゃあ、君。怖すぎるやろ）

そう思ったが、今さらどうしてやることもできない。間が悪いとはこのことだと同情しつつ、T君の絶叫《ぜっきょう》を聞きながら黄河を下ったのだった。

中国三大石窟のひとつ炳霊寺石窟

その日は蘭州《らんしゅう》のホテルに泊まり、翌朝炳霊《へいれい》寺《じ》石窟《せっくつ》（五九頁）に向かった。

黄河ぞいに八六キロさかのぼると、一九六四年から一〇年以上をかけて築かれた劉家峡《りゅうかきょう》ダムがある。そこからダム湖を観光船で四三キロ進むと目的地に着く。

かつてはこのあたりで黄河を渡った。橋もかかっていたというから、シルクロードを往来する者たちは一三〇キロを遠しとせずに迂回《うかい》したのである。

中国の三大石窟は敦煌《とんこう》の莫高窟《ばっこうくつ》、甘粛《かんしゅく》省天水《てんすい》市の麦積山《ばくせきざん》石窟、そして炳霊寺石窟だが、いずれもシルクロードの要所にある。そこを押さえて商業、流通を支配することが、この地域に国を建てた権力者にとって何より重要だった。

そこで仏教に帰依し、巨大な石窟を築くことで、己れの正統性をアピールすると共に、多くの寄進者から寄付を集め、公共事業として石窟造営を行なったのである。

劉家峡ダムは高さが一四七メートル、長さが八四〇メートルという巨大さである。ダムの近くには観光船の乗り場があり、一〇人乗りほどの屋根付きの船がつながれていた。

我々が乗り込むと船は静かに乗船場を離れ、一気にスピードを上げた。四三キロをおよそ一時間で走るという。けたたましいエンジン音を上げ、湖面を切り割って進んでいく。

湖の幅は最大八キロ。かつて湖底にあった町には八万人が暮らしていたという。

「このダムで三つの川が合流しています。黄河、洮河《とうが》、大夏河《たいかが》です。それぞれ水の色がちがうので、どの川か分かります」

黄河は黄土地帯を流れているので黄色く濁っているが、森林地帯を流れる川は澄みきっている。王さんがそう教えてくれた。

第125窟（北魏）。釈迦・多宝如来の二仏並座像

「このダムは劉家峡をせき止めて築いたものですが、下流の塩鍋峡《えんかきょう》、八盤峡《はちばんきょう》にもダムが築かれ、黄河の洪水を防ぐとともに、水力発電によって蘭州に電力を供給しているのです」

先へ進むにつれてダムの両側に連なる山が険《けわ》しくなる。砂岩の山々が屏風《びょうぶ》のように切り立ち、人を寄せつけないやせ尾根がつづいている。

「黄河の源流は青海省《せいかいしょう》のバヤンカラ山脈にあり、チベット高原を流れてきます。このあたりはチベットに住む民族と漢民族の境目にあたり、古くから勢力争いがありました」

しかも北西からつづく河西回廊《かせいかいろう》からは北方騎馬民族が攻め込んで来るのだから、民族紛争、軍事衝突が頻繁《ひんぱん》に起こった。

そして中国全土を支配した漢の時代が終わると、五《ご》胡十六国《こじゅうろっこく》と呼ばれる分裂の時代（西暦三〇四～四三九年）に突入する。

その頃、劉家峡一帯を支配したのは羌《きょう》というチベット遊牧民族だったが、やがて北方から鮮《せん》卑《ぴ》族が侵入して西秦《せいしん》という国を建てた。

第169窟（西秦）の洞窟へ通じる梯子

鮮卑族は北魏《ほくぎ》を建て雲崗《うんこう》石窟を築いたことで知られているが、西秦を建てた乞伏乾帰《きつぶくけんき》やその子熾磐《しばん》も仏教に帰依し、炳霊寺石窟の造営にかかわった。

「万人成仏」を説く仏教の思想は、民族的な対立を乗り越える有力な根拠となる。それに御仏《みほとけ》の力によって敵の侵攻を防ぐという軍事的な思惑《おもわく》もあったのだろう。

やがて船はダム湖を過ぎ、黄河の流れへ入っていった。ダムのために水位は高くなっているが、ここからは昔の黄河と変わらない景色がつづく。

川の右手の山々はいっそう険しくなり、尖塔《せんとう》や楼閣《ろうかく》のような奇妙な形をした岩が目立つようになる。砂岩が長い間に雨に打たれ川に削られて変形したものだ。

いただいたパンフレットには、「天下奇観―炳霊丹霞地貌地質公園」とあり、4A級の国定公園である旨が記されている。

「夏《か》禹《う》王《おう》峰《ほう》」や「万笏朝天《まんじやくちようてん》」などと名付けられた奇岩をながめながら先へ進むと、目の前に天を衝《つ》いてそびえ立つ二本の石柱が現われた。姉妹峰（五九頁）という名の岩で、炳霊寺石窟の入口に位置している。まるで石窟の場所を示すために天が建てた門柱のようだ。

そこから黄河北岸の入江に入ると、絶壁《ぜつぺき》に刻まれた大仏（六六頁）が迎えてくれる。高さ二七メートル。その大きさ、造りの見事さには息を呑《の》むばかりである。

唐代に造られた頃には、重層楼閣式《じゆうそうろうかくしき》の建物におおわれていたが、清代の末になって戦火にあって焼失した。

大仏はそれ以来むき出しになって風雪にさらされ、傷《いた》みもかなり進んでいるが、それがかえって風格となって我々に何事かを語りかけてくる。

高さ六〇メートルの断崖にある洞窟へ

石窟群は上寺と下寺、その間の洞溝に分布している。石窟、窟龕《くつがん》の総数は一九五で、大部分は下寺の周辺に集中している。

我々は下寺の山門を入り、入江の西側に作られた道を歩いた。道の左手の断崖に仏龕がうがたれ、中にはさまざまな仏が彫られている。

このあたりの岩は砂岩で、軟らかく粘着性が高いので彫刻に適しているのである。

「同じ石窟でもここは彫刻、麦積山は粘土で作った塑像《そぞう》、そして莫高窟は壁に描いたものが主流を占めています」

御仏は阿弥陀仏《あみだぶつ》や薬師如来《やくしにょらい》、釈迦《しゃか》・多宝如来の二仏並座《びょうざ》や弥勒菩薩《みろくぼさつ》などさまざまである。西秦から隋、唐、そして清まで、時代によって信仰の流行が違っている。炳霊とはチベット語で十万弥勒仏州という意味で、数多くの仏菩薩が祭られている様を表わしている。

その精巧《せいこう》さに驚嘆《きょうたん》しながら歩いていると、T君が足を止め、熱心に写真を撮り始めた。仏龕の中に釈迦・多宝如来の二仏並座像（六二頁）が刻まれている。

北魏時代のもので、虚空会《こくうえ》で呼応する二仏を表現したものだ。額《ひたい》が広く顔は長い、伏し目にしたおだやかな表情で、『法華経』こそが真理であると説く二仏の姿を生き生きととらえている。

やがて大仏の真下に来た。右手に橋があり、入江の対岸から拝することができる。この眺めの素晴らしさは、筆舌《ひつぜつ》に尽くし難いほどである。

大仏の頭上には天橋と呼ばれる手すり付きの廊下が渡してある。その左側にある洞窟が、この石窟の始まりと言われる第一六九窟（六三頁）で、上まで登るための梯子《はしご》が設置してある。

「あなたは高い所は大丈夫ですか」

王さんが心許なげにT君を見やった。

「ええ、大丈夫です」

案ずるに及ばぬと、T君が胸を張った。

第171窟（盛唐）。炳霊寺最大の大仏。その左斜め上の洞窟が第169窟。大仏の頭上には天橋と呼ばれる廊下も見える

「それでは、あの上まで登りましょう」

「えっ、あそこに」

T君が絶句したのも無理はない。洞窟の高さは六〇メートルもあり、かけられた梯子は今にも崩れ落ちそうだが、石窟の始まりと聞けば登らずにはいられなかった。

梯子は一人がやっと登れる幅で、断崖をはい上がるように作られている。下りて来る人がいれば、踊り場で待っていなければならないので、かなり時間がかかる。

そうしてようやく最上部にたどりつくと、西秦の頃に僧たちが修行の場とした空間が広がっていた。

幅は約二七メートル、奥行約九メートル、高さは一五メートル。自然が作った断崖の上の洞窟は、さまざまな仏菩薩で満たされていた。仏像や壁画、そして経典を納めた経堂もあった。

かつて黄河に架かる橋があったことを記す記念碑

中でも南壁に安置された五仏座像（第一六九龕二二号）は素晴らしく、仏教美術の至宝《しほう》と言っても過言ではない。また薬王仏と比丘《びく》を描いた壁画（前同六号）には、寄進した人の名と建弘《けんこう》元年（四二〇）の日付が記されている。

これによって炳霊寺石窟が、すでにこの年には造られていたことが分かったのである。

今から一六〇〇年ほど前、僧たちは禅によって悟りを開こうとした。その時に必要とされた条件がある。俗世と隔絶《かくぜつ》した静寂《せいじゃく》な場所で、仏像を観じて瞑想《めいそう》することである。

霊山幽谷《れいざんゆうこく》に囲まれたこの洞窟は前者の条件に合致しているし、内部が仏像や仏画で埋め尽くされているのは観仏行のためである。

この洞窟で僧たちは、面壁《めんぺき》九年の達磨《だるま》大師のように人間の想像を超えた厳しい修行に打ち込んでいた。北魏時代に記された『水経注《すいけいちゅう》』は、その様子を次のように記している。

〈巌堂の内に毎時に神人の往還するを見る。（中略）俗人其《そ》の仙者なるを悟らず、乃《すなわ》ち之《これ》を神鬼と謂《い》う〉

そうした行者に教えを乞い法力を授けてもらおうと、多くの信者が集まってきたし、西秦王の招きに応じて高

僧たちも訪れるようになった。

法顕《ほっけん》（三三七？～四二二？）もその一人である。

彼は隆安《りゅうあん》三年（三九九）に長安を発《た》ち、ホータン王国を経てインドに向かった。その途中にこの地に立ち寄ったのである。

その頃にはすでに石窟の造営が始まり、第一六九窟の他にも多くの仏龕がうがたれ、さまざまな仏が彫られていたのだろう。

我々はしばらく周囲の絶景を堪能した後、地上に下りて天下第一橋（六七頁）の跡を見物に行った。

ここには隋や唐より前の時代に橋がかけられ、黄河を安全に渡ることができたという。

「西域の隊商たちは、ここまで迂回したんでしょうね」

T君は橋があったことに感動している。羊筏の危険を嫌というほど味わっただけに、橋の有難さが身にしみているようだった。

第6回　夜の河西回廊

蘭州から武威、そして敦煌へ

炳霊寺《へいれいじ》石窟《せっくつ》を堪能《たんのう》した我々は、その日の午後七時三十分、蘭州《らんしゅう》発の夜行列車に乗り込んだ。蘭州から敦煌《とんこう》まで約九〇〇キロの距離を一四時間かけて走る、一日一本しか出ない列車である。

この道を河西回廊《かせいかいろう》という。北のモンゴル高原南縁山地と南のチベット高原北西端（祁連《きれん》山脈）の間を通る細長い平地で、黄河《こうが》の西にあるのでこの名で呼ばれている。回廊とは中国と西域を結ぶ通路という意味で、古くから東西交易の道として重要な役割を果たしてきた。

寝台車は定員四人のコンパートメントで、二段ベッドが向かい合う作りは学生時代に乗ったブルートレインによく似ている。

乗客は私と編集者のT君、ガイドの王剛《ワンガン》さん、それに新疆《しんきょう》ウイグル自治区で医療関係の仕事

蘭州駅で夜行列車に乗り込む著者

をしているというX氏である。

X氏は小柄で細身で無口な人だった。頬《ほお》のそげ落ちた物静かな風貌《ふうぼう》で、王さんが気を遣って話しかけても、必要以上のことは話そうとしない。

名前も明かさず、話をつづけるつもりもないようで、能面《のうめん》のような表情でじっと一点を見つめている。

ウイグル自治区では中国政府による抑圧政策がつづいているという報道もあるので、心中深く期するものがあるのではないか。そんなことを想像させる頑《かたく》なな態度だった。

それなら気遣うこともあるまいと判断したのか、王さんが得意の解説を始めた。

「河西回廊は東西交易の要衝ですから、今も多くの民族が暮らしています。古くは月氏《げつし》や匈奴《きようど》の領域でしたが、漢の武帝がこの地域に進出して支配下に組み込みました」

敦煌駅に向かう夜行列車から車窓をながめる著者

紀元前一〇〇年前後のことで、武帝は回廊のオアシスに武威《ぶい》（涼州《りょうしゅう》）、張掖《ちょうえき》（甘州《かんしゅう》）、酒《しゅ》泉《せん》（粛州《しゅくしゅう》）、敦煌《とんこう》（瓜州《かしゅう》）の河西四郡を設置した。

初めはこの四郡に大軍を駐屯《ちゅうとん》させて支配の強化をはかったが、やがて統治が安定して平和が訪れると、多くの民族がシルクロードの交易に従事しながら共生するようになった。

その時に共通の理念となったのが「万人成仏」を説く大乗仏教であり、蘭州から敦煌にかけて多くの寺院や石窟などが造られ、仏教文化の華が開いた。

「現代では、仏教といえば個人的な信仰と考えがちですが、この頃の仏教は政治理念に近いものだったはずです。その理念を多くの人が支持したために、時の権力者も国を治めるために仏教を取り込んだのだと思います」

王さんが言う通りである。今の中国においては共産主義、日本においては民主主義のよ

うなものだと考えれば、仏教が果たした役割がよく分かる。

やがて隋や唐の時代になると仏教は国家的な理念となり、大帝国を維持するための精神的支柱になっていく。

奈良時代に朝廷がさかんに遣唐使を派遣し、仏教の導入に力を尽くしたのも、こうした国際的な潮流《ちょうりゅう》に影響されてのことである。

列車は時速七〇キロ近い速さで走っていく。線路は真っ直ぐで車体の揺れも少ないが、夜なので景色を見ることはできない。

ただ延々と砂礫質《されきしつ》の荒地がつづいていることが、駅の明かりに照らされた時に分かるだけである。

敦煌にはこれまで三度訪ねたことがある。いずれも飛行機で入ったために、祁連山脈の雄大さを上空からながめはしたものの、河西回廊を行き交った人々の実感に迫ることはできなかった。

これでは遣唐使の物語を書く時の役には立たないので、今回はゆっくりと列車の旅をしたいと思っていた。ところがどうしても時間の都合がつけられなかったので、せめて夜行列車に乗って、土地の距離感を体に覚えさせようとしたのである。

出発から四時間、列車は武威の駅に着いた。薄暗い明かりに照らされたホームには何人かがまばらに列を作り、列車に乗り込んでくる。

ここは武帝が河西回廊に進出する拠点とした所で、武威という地名は「武帝の威、河西に到達す」という意味でつけられたものだ。

この地は鳩摩羅什《くまらじゅう》ゆかりの地でもある。呂光《りょこう》将軍によって亀茲《きじ》国から連行された彼は、この地の寺に一六年間住んで、仏典の漢訳にあたったのだった。

夜行列車での仏教をめぐる対話

時計は午後十一時三十分をさしている。さて、もう寝ようと枕をととのえていると、

「先生は仏教徒ですか」

先に寝た二人を気遣って、王さんが小声でたずねた。

「両親は熱心な仏教徒でした。私はそれほど強い信仰心を持っているわけではありませんが、仏教は重要だと考えています」

「どうしてそう考えているのですか」

「ひとつは仏教が歴史の中で果たした役割が大きいからです。もうひとつは人類が今直面している問題を乗り越えるには、仏教の教えに従うしか方法がないと考えるようになったからです」

「その問題とは、何でしょう」

「人間が敵意とエゴイズムを制御《せいぎょ》できないことです。敵意を制御できないから戦争をつづけ、核兵器を満載《まんさい》した地球にしてしまいました。エゴイズムを制御できないから、他人や自然から収奪《しゅうだつ》をつづけ、今や未来からも収奪しています」

「未来から？　それはどういうことですか」

困ったことに、王さんはこういう議論が好きである。情よりも理を重んじる中国文化がそうさせるのか、それともただの好奇心なのか……。

「地球の環境を破壊することは、未来の世代の可能性を奪うことです。中でも原発によって核廃棄物を生み出しつづけているのは、未来の世代を苦しめると分かっていながら、今の豊かさを守るためにやっていることですから、エゴイズムの最たるものだと思います」

「その問題を、仏教によって解決できるのでしょうか」

「仏教では執着《しゅうちゃく》から離れるように説いています。誰もがその教えに従うなら、敵意とエゴイズムを克服できるのではないでしょうか」

「確かにそうかもしれないけど、そんなことは不可能ですよ」

「しかし、それ以外に方法がないとすれば、その道を進んでいくしかないではありませんか」

不覚にも、私はむきになった。

それが不可能なことは、二五〇〇年近い歴史が証明している。人類はブッダの教えが尊いことを知りながら、それに従うことができずに今日の破滅的な状況を招いたのである。

だが、その教え以外に正しい道がないのなら、選択の余地はあるまい。不可能だろうが愚か

だろうが、信じる道を突き進んでいくしかないのである。

「先生、お言葉を返すようですが、それは自滅《じめつ》の道だと思いますよ」

「どうしてでしょうか」

「だってそんな考えを持っていたら、現実の社会に適応できませんよ。競争には負けるし商売

敦煌駅に近づいた明け方に外をながめると
ゴビタン（砂礫地）と呼ばれる大地が延々とつづいていた

では損をするでしょう」

「確かにそうかもしれません。しかし競争に勝ち商売で大儲《おおもう》けをしたとしても、心が満たされなければ幸せにはなれないと思いますよ」

私の言葉は王さんの胸には届かなかったようである。二人は気まずい沈黙のまま互いのベッドにもぐり込んだ。

横になると車輪の音と列車の震動が、急に大きく感じられた。時折鳴《な》る列車の警笛《けいてき》が、夜のしじまを切り裂いて叫び声のように響き渡る。

私はむきになった己の愚かさを恥じ、なかなか寝付けなかった。

こんな類《たぐい》の話をすれば、日本でも冷笑されることが多い。自分でもまだ整理をつけかねているのだから、王さんに分かってくれと言うほうが無理であろう。

私は無念さに悶々《もんもん》としながら、仏教との関わりについて考えをめぐらしていた。

両親が浄土真宗の門徒だったので、幼い頃から仏教的な雰囲気には慣れ親しんでいた。日々の生活の中でも仏教の教えが生かされていたと思うが、進学のために家を出てからはそうした教えから遠ざかっていた。

転機がおとずれたのは二十八歳。インドを旅した時だった。

仏教誕生の地・インドで受けた啓示

その頃、私は勤めていた区役所を辞めるか否かで迷っていた。

二十一歳の時に作家になろうと志《こころざ》して東京の区役所に就職した。そして図書館に配属していただく幸運に恵まれ、妻と二人の子供を得ることができた。

ところが二十六歳くらいから、このまま恵まれた暮らしをしていてはプロの作家になれない。仕事を辞めて背水の陣でのぞまなければ駄目だと思うようになった。

しかしそうして挑戦したとしても、プロになれる確率はきわめて低く、職を失い家族を路頭に迷わせる結果に終わるだけかもしれない。それゆえひと思いに辞める決断がつけられず、二年ほど思い悩む日々がつづいていた。

そんな時、同人誌の仲間がインド旅行に誘ってくれた。安い航空券を手に入れたので、一緒に行かないかという。私にとっては初めての海外旅行だった。

ニューデリー、ベナレス、ブッダガヤなどを巡る旅は刺激的だった。ヒンドゥ教の聖地であ

るベナレスではガンジス川に入って沐浴《もくよく》したし、ブッダガヤではブッダが悟りを開いた菩提樹《ぼだいじゅ》の木の下に座って古《いにしえ》を偲《しの》んだ。

インドではヒンドゥ教の教えが今も生きていて、神の使いとされる牛が町中を我《わ》が物顔《ものがお》で歩いている。道には物乞《ものご》いや路上生活者が大勢いて、悲惨《ひさん》な暮らしを強いられている。

ゴミ捨て場で人と犬とカラスが一緒になってゴミをあさっているのを見た時は、どうしてこんな状況を放置しているのだろうと憤《いきどお》りを覚えたものだが、不思議なことに誰もが自信に満ちた明るい目をしていた。

それがなぜなのか分からず、彼らは勉学の機会を与えられないまま育ったために、自分が不幸だと認識することさえできないのではないかと、不遜《ふそん》なことを考えたものだ。

旅の終わりにさしかかった時、ひとつの啓示を受けた。あれはどこの通りだったのだろう。ある寺院へ向かっていると、大勢の子供たちに取り巻かれた。

物乞いで生きている彼らは、二、三十人ばかりで我々のまわりを取り巻き、金を恵《めぐ》んでくれと迫ってくる。

こちらもギリギリの費用で旅をしているので、与えるお金などないと言うと、すばしっこい子供が後ろに回ってポケットに手を入れ、サイフを捜しているではないか。

これはまずいと思ってサイフ（小銭入れだが）を手に持ち、彼らが届かないように高く上に差し上げた。

追い払おうと「あっち行け」と言っている時、天の高みから自分の姿を見ている錯覚《さっかく》にとら

われた。そして自分が、わずかの金を守るためにサイフを握りしめている程度の人間だということが、まざまざと分かったのである。

その瞬間、「人間は在《あ》りのままで尊い」という言葉が、雷のような激しさで私の体を突き抜けていった。知ったとか分かったということではない。それが真実だと体験したのである。

（なんだ。そうだったのか）

私とこの子たちに別《わ》け隔《へだ》てはない。人間は在りのままで尊いのである。そうと分かれば何もかもが喜ばしく、深い歓喜が体の奥底からわき上がってきた。

そして子供たちに小銭を配りながら、人間が在りのままで尊いのなら、人に善悪優劣や幸不幸はないのだと感じていた。それは現世限りの約束事だし、人間の執着が見せる幻影にすぎないのである。

この体験が私を変えた。職場を辞めることができなかったのは、金や地位や名誉といった日本的な価値観に縛られていたからである。

しかし人間は在りのままで尊いのなら、そんなものにこだわる必要はまったくない。たとえ職を失って野垂れ死にしたとしても、自分が正しいと信じる道を進んだほうがいいと、何の抵抗もなく思えた。

そこで帰国するとすぐに上司に辞表を提出し、二十九歳で区役所を退職した。

その後、どうしてインドからあんな啓示を受けたのか知りたくて、インドやヒンドゥ教についての本を読みあさった。

分かったのはヒンドゥ教は二つの大原理で成り立っていることである。ひとつは梵《ぼん》我《が》一《いち》如《にょ》。全宇宙を支配する梵（ブラフマン）と個人を支配する我（アートマン）は

河西回廊の終着地である敦煌駅

同じだということ。もうひとつは我も梵と同じように不滅であり、輪廻《りんね》をくり返しているということだ。

ヒンドゥ教徒たちはこの大原理を、物理学の根本原理のように強固に信じている。だから自分の存在に疑問を持つことも、輪廻の結果としての現世の不幸に打ちのめされることもなく、自信に満ちた明るい目をしているのだ。

　そうしたことが少しずつ分かるようになり、ブッダが輪廻からの脱出を目ざした理由も理解できるようになった。

　梵我一如の大原理はいい。だが人の魂が終わることのない輪廻をくり返すなら、人は永遠に救われないではないか。

　ブッダはそんな問題意識を持ってしまったのである。

第7回　敦煌

「我欲と執着ゆえに救われない」という逆説

人の魂が永遠に輪廻《りんね》をくり返すなら、人間は未来永劫《みらいえいごう》にわたって救われないではないか。

ブッダがそんな問題意識を持ったのは、生老病死の苦、人が生きることそのものが苦だと感じたからだという。その原因はブッダが並はずれた感受性の持ち主だったからだろう。

人生は苦しみでしかないと思う個人的な体験があったのかもしれないし、前世の因果（と、ヒンドゥ教では説かれている）によって低いカーストに生まれてきた人たちの、悲惨な生活を目の当たりにして、これでいいはずがないと激しい憤《いきどお》りを感じたのかもしれない。

梵我一如《ぼんがいちによ》、宇宙の真理（あるいは精神）である梵（ブラフマン）と、人の本質である我（アートマン）は同じものなのだから、人間が在りのままで尊いことは間違いない。それなのにどうして輪廻をくり返し、こんなにも悲惨な生き方をしなければならないのか。

ブッダはそんな疑問を持ち、輪廻から脱出しなければ人は救われないという確信に至った。そ

敦煌莫高窟に沿って流れる大泉河。訪れたときには一滴の水も流れていなかった。
崖に見える窟には僧侶や絵師が暮らしていたという

して何が輪廻の原因で、どうすればそこから脱出できるかを突き止めるために、出家して修行の道に入った。

時に二十九歳。そして六年間の苦行の後に、その答えを発見した。輪廻の原因は我欲と執着《しゅうちゃく》。その二つを放下《ほうげ》すれば輪廻から脱出し、涅槃《ねはん》に入ることができると分かったのである。

人は生命を維持するために我欲や執着を本能的に身につけている。ところが、それがあるために救われないとすれば、これ以上深刻な逆説《パラドックス》はあるまい。

この逆説から抜け出すためには、人が一般的に認識している人間観の先の次元まで認識を高めなければならない。そのための観想法が四念処《しねんじょ》と言われるもので、身、受、心、法に分かれている。

身は身体の不浄を観ずる不浄観。受は一切は苦であると観ずる一切皆苦《いっさいかいく》。心は諸行無常を観ずること。法は諸法は無我（実体がない）を観ずること。

面白いのは、こうした境地に至るには、ひたすら自己の内面と向き合うべきだという教えである。

梵我一如で説くごとく、我は宇宙の真理である梵と同じものだから、我を見つめつづければ宇宙の真理に到達できるという。

私のような凡俗の人間には及びもつかない境地だが、ブッダの教えが真実であることは直感的に感じている。

インドの旅行で人間は在りのままで尊いと体験したし、赤山禅院《せきさんぜんいん》の御前様（叡《え》南《なみ》覚照《かくしょう》阿闍梨《あじゃり》）に長年薫陶《くんとう》を受けたお陰で、その感覚はますます強くなっている。

だから人類が核兵器や原発による滅亡の危機を乗り越えるためには、ブッダの教えに従って敵意とエゴイズムを放下するしかないと思っているのだが、それが不可能に近いことは歴史が証明している。

だとすれば人類は真理の教えを知りながら、その教えに従えないために自滅するという愚をおかしてしまうのだろうか……。

私は河西回廊《かせいかいろう》をひた走る夜行列車に揺られながら、眠れないままそうしたことを考えていたのだった。

暗くてほとんど見えないが、線路の両側にはゴビタンと呼ばれる砂礫《されき》の大地が延々とつづいている。しかも塩分の強い土なので作物がほとんど栽培できない。地下水が湧く場所にオアシスが開け、交通、交易の要衝として発展し、その周辺に地下水を利用した灌漑《かんがい》農業が行なわれただけである。

そうした厳しい条件の中で生き抜かなければならなかったことが、この地の人々が仏教に帰《き》

依《え》して心の救いを求める原因になったのかもしれない。

かつては海底だった敦煌

翌朝六時半に目が覚めた。

夜はすでに明けていて、相変わらず延々とつづくゴビタン（七五頁）をながめることができた。雲が低くたれこめていて、あたりは一面の灰色である。この景色が一五〇〇キロにわたってつづいているのかと思うと、この地を歩いて通っていた人々の苦難が偲《しの》ばれた。それでも玉門《ぎょくもん》市を過ぎ瓜州《かしゅう》駅に近づくにつれて、少しずつ様子が変わってきた。灰色の地面に雑草のようなものが生えている。

「あれはラクダ草です。砂《さ》漠《ばく》を渡るラクダが好んで食べるので、この名があります」

王剛《ワンガン》さんが教えてくれた。

バラのように刺《とげ》立《だ》っていて、草というより木のように見える。しかしラクダはこれを食べて長い砂漠の旅を乗り越えるのである。ラクダ草が生えているのは水源に近い場所で、オアシスを知る目印にもなるという。

やがて瓜州駅に着いた。

昔から瓜の栽培が盛んだったのでこの名がある。敦煌まではあと一〇〇キロもあるが、敦煌というオアシスを造った祁連《きれん》山脈の雪解け水（地下水）は、遠く瓜州にまで恵みをもたらして

九層楼の前でカメラに収まる著者。この九層楼は第96窟（初唐）の弥勒菩薩像をおおうために造られた

いるのである。

やがて小麦畑が見えるようになった。整然と区画された農地のまわりには、防風、防砂のためのポプラが植えてある。

塩分の多いアルカリ性の大地を中和して小麦を作れるようにするまでには、どれほどの苦労と忍耐が必要だったかと思いやられる景色だった。

仕事熱心なT君は、早くから起き出し車窓の景色をカメラに収めている。

「いやぁ、凄《すご》いですね。まさに大陸のど真ん中という感じがします」

例のごとく直截《ちょくせつ》な感想を述べ、興奮気味にシャッターを押している。

「このあたりの大地は塩分が多いというけど、どうしてか知ってる？」

私は以前の取材で得た豆知識を披露《ひろう》したくなった。

「いいえ。知りません」

「大昔は海底だったそうだよ。それが地殻《ちかく》変動で隆起《りゅうき》したんだ」

「へえー、本当ですか」

T君は期待通りのリアクションをしてくれた。

敦煌の標高はおよそ一一〇〇メートル、それが海底だったと聞いた時には、私も同じように驚いたものだ。その塩分による被害が、莫高窟《ばっこうくつ》を保存する上で大きな障害になっているという。

身支度を終え、食堂車で朝食をとることにした。車窓の側にテーブルが並んだ懐かしい車両で、多くの人で混み合っていた。我々は隅のテーブルに座り、細麺《ほそめん》のメニューを注文した。

食事が来るまでの手持ち無沙汰や、学生時代に乗った寝台車の懐かしさもあって、私は正面に座った王さんの姿をカメラに収めた。

途端にまわりの人たちが騒ぎだした。皆さん怒りの顔でこちらを見つめ、口々に何かを言っている。中には糾弾《きゅうだん》するように私を指差す人もいる。

写真は駄目だと言われ、すぐに謝って事なきを得たが、まったく思いも寄ら

第96窟。敦煌莫高窟最大の塑像は、弥勒菩薩像で、則天武后統治期の695年に完成した。面部、右手、服飾などは補修がされており、彩色は清の時代に施された

ないことだった。撮影は禁止されているのか、それとも自分たちが写ることを警戒しているのか。詳しいことは確かめなかったが、あるいは中国政府による抑圧政策がつづいているウイグル自治区が近くなったせいかもしれないと、自分のうかつさを反省した一瞬だった。

十時二十一分、敦煌駅（七九頁）に着いた。

蘭州《らんしゅう》からおよそ十五時間の列車の旅である。敦煌を訪れるのはこれで四度目だが、以前の三回はすべて飛行機で入っている。列車に乗っていただけとはいえ、河西回廊を抜けてきたという充実感は大きかった。

ひとまずホテルに入って休息した後、敦煌莫高窟のビジターセンターへ行った。

鳴沙山《めいさざん》が波打つ様を表わした屋根を持つ近代的な建物で、館内ではあたかも石窟の中に入って見物しているような映像を楽しむことができる。

世界遺産にも指定された莫高窟の最大の課題は、遺跡の劣化を防ぎ、今の姿のままで未来に伝えることである。そのためには石窟への入場者を制限し、呼吸による二酸化炭素や湿気を減らさなければならない。

そこで一日の入場者を六〇〇〇人までとしたものの、折からの観光ブームでその何倍もの客が押し寄せるようになった。

そこで敦煌研究員の方々が中心となって、入場を制限するかわりに石窟の内部を映像化しようという計画を立て、二〇一四年八月にビジターセンターがオープンした。

初めに莫高窟を解説したドラマ風の映像が上映され、楽しみながら歴史を学ぶことができる。

それによれば、前漢の武帝に大月氏《だいげつし》への使いを命じられた張騫《ちょうけん》が、二〇年近い苦難の末に紀元前一二六年に帰国し、西域の情報をもたらした。これがシルクロードが開かれるきっかけとなったのである。

やがて敦煌はシルクロードの中継地として発展していくが、西暦三六六年（諸説あり）にこの地を通りかかった仏僧楽僔《らくそん》が、彼方に見える三危山《さんきざん》から太陽が昇るのを見て、まさに御仏《みほとけ》の姿だと感得した。

そこで鳴沙山の東の断崖に石窟を掘り、僧坊として修行を始めた。それに倣《なら》って僧坊や石窟寺院が次々と作られるようになり、莫高窟には現在、七三五窟が残されている。

作られた期間は五胡十六国《ごこじゅうろっこく》時代から元代まで一〇〇〇年に及び、石窟の中には二四一五体の仏塑像《ぶつそぞう》が安置され、壁画の総面積は四万五〇〇〇平方メートルにもなる。

仏教美術としては世界最大の規模を誇り、「壁の図書館」と称されている。西暦一九〇〇年には石窟の中から敦煌文書が発見され、井上靖作の小説『敦煌』にも描かれていることはよく知られている。

西域からもたらされた雅楽の基礎

いよいよ莫高窟に入る時がきた。

これで四回目とはいえ、ここを訪ねるたびに身が引き締まるような緊張を覚えるのはなぜだ

第220窟（初唐）。北壁、舞楽図。唐代に発達した舞楽の迫真の演技が描かれている

ろう。多くの人々の長年にわたる強い信仰心に、生身で向き合う覚悟を問われているからだろうか。

莫高窟の前には大泉河（八一頁）という水無し川がある。雪解け水が多いほんの一時期だけ水が流れ、他の時期は干上がっている。敦煌の降雨量は年間四〇ミリ。これに比して蒸発量は二四〇〇ミリである。

これほど乾燥しているために石窟の塑像や壁画が守られてきたわけだが、世界的な異常気象の影響はこの地にも及び、二〇一七年には大雨が降って、川岸がさらわれるほどの洪水が起こったという。

復旧工事中の橋を渡り、防風のために植えられたポプラの森を抜けていくと、莫高窟のシンボルである九層楼（八四頁）があった。

弥《み》勒《ろく》菩《ぼ》薩《さつ》像を納めた第九六窟（八五頁）の前面をおおうために作られたもので、鳴沙山の断崖に張り付くような朱塗りの建物は壮観である。

中に入ると高さ三五・五メートルの弥勒菩薩像が、九層楼の小窓からさし込む光に照らされた薄闇の中

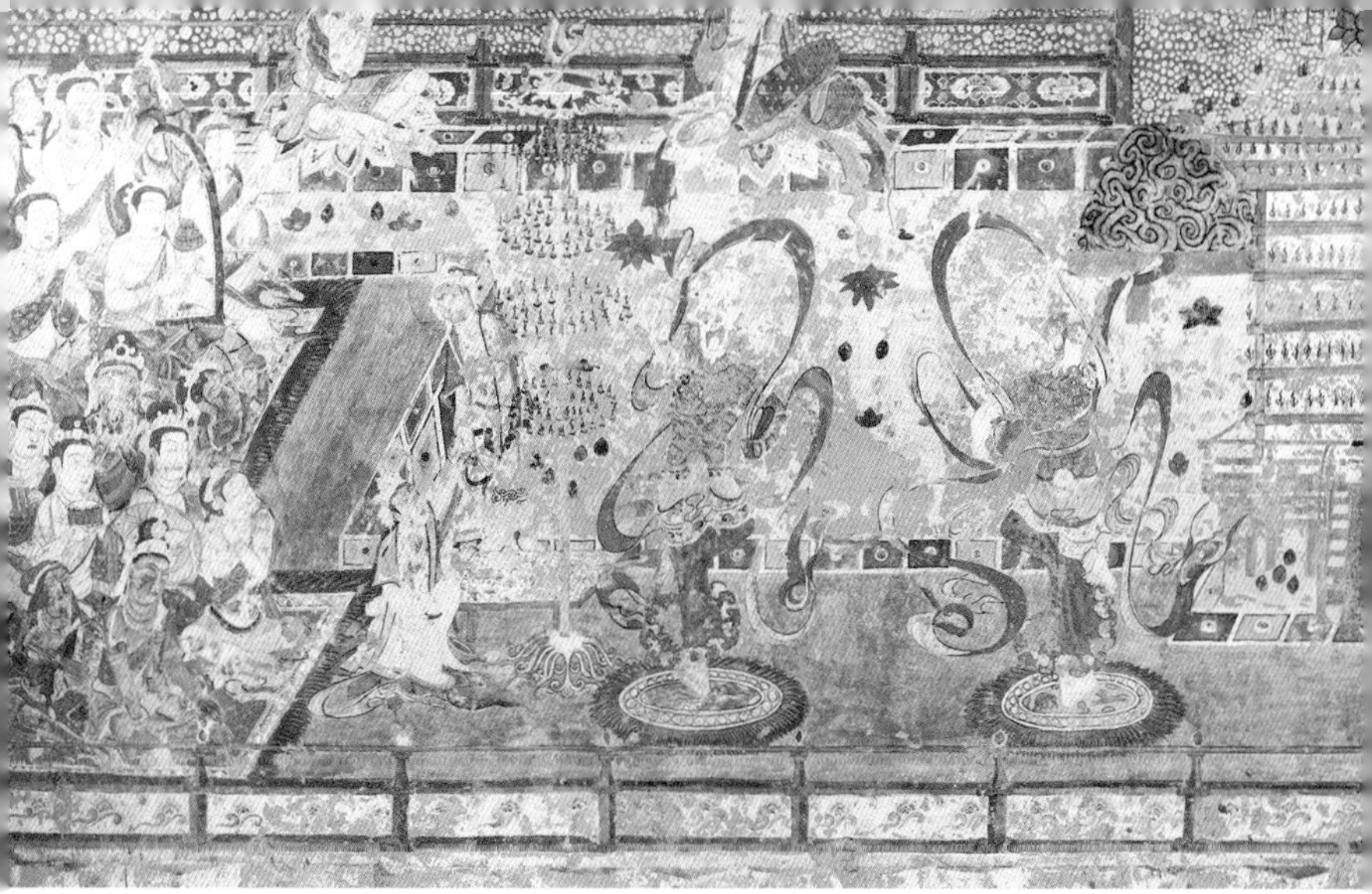

で迎えてくれた。

石壁を削って元の形を作り、その上に泥を塗って形を仕上げた石胎泥塑《せきたいでいそ》と呼ばれるもので、椅子に座った姿をしている。

作られたのは唐の時代だが、大仏の彩色は清の頃に塗り直されている。大仏のまわりには色鮮やかな壁画が描かれていたというが、それもはがれ落ちている。

この大仏は中国史上唯一の女帝である則天武后《そくてんぶこう》の頃に作られたもので、武后が弥勒菩薩の生まれ変わりであるという当時の信仰（武后自身が捏造《ねつぞう》して広めたもの）にもとづいている。

この頃が唐における仏教信仰の最盛期で、洛陽《らくよう》南郊の龍門石窟にも武后の顔を写したと言われる盧舎《るしゃ》那仏《なぶつ》がきずかれている。莫高窟の中の壁画や塑像も、この時代に作られたものに美術的価値の高いものが多い。

莫高窟の高さは四〇〜五〇メートルくらい。海底

だった頃に堆積《たいせき》した砂利岩が崖をなし、その上にはタクラマカン砂漠から吹き寄せた黄砂が厚く積もっている。

崖には三層、四層に折り重なって石窟が掘られ、そこに行くための通路や階段が設置されている。昔は崖に杭を打ちつけ、板を張り手すりをつけて通路にしたようだが、今は崖の崩落《ほうらく》を防ぐためにコンクリートで表面を厚く塗り固め、セメントの通路を作ってある。

そこを通って二二〇窟を見学した。唐代の初期に描かれたもので、別名楽器窟と呼ばれている。東の入口から中に入ると、左手の南壁には大きな阿弥陀仏《あみだぶつ》が、反対側の北壁には舞楽会《ぶがくえ》の華《か》麗《れい》な様子（八八頁）が描かれている。

舞楽会の中央では、丸い絨毯《じゅうたん》の上でなまめかしい装束《しょうぞく》をした女が胡旋舞《こせんぶ》を舞っている。生き生きとした躍動《やくどう》感を、宙に舞う布と片足立ちの踊り子の均整のとれた姿で表わしている。

舞台の左右には楽師たちの姿が入念に描かれている。高価なペルシャ絨毯の上で、箏《そう》（琴）や篳篥《ひちりき》、横笛、腰鼓《ようこ》など一三の楽器が奏でられている。これは唐の宮廷楽隊の様子を反映したもので、こうした楽器が日本に伝わり、雅楽《ががく》の基礎が形成された。日本独自の楽器と思いがちな篳篥も、その起源は鳩摩羅什《くまらじゅう》が生まれた亀茲国《きじこく》にある。

この窟には蓮花の中から生まれ出た化生童子《けしょうどうじ》も描かれている。仏の世界に生まれた童子は、何と吊りズボンをはいている。これは遊牧民族の衣装で、西域に近かった敦煌が彼らの文化と密接だったことの表われである。

こうした風俗を知ることができるのも、莫高窟を訪ねる大きな喜びなのである。

第8回　莫高窟とめまい

経典の内容を伝える「変相図」

仏僧楽僔《らくそん》が開いた頃の敦煌莫高窟《とんこうばっこうくつ》は、修行をするための住居だった。

やがて楽僔を慕って多くの修行者が集まり、仏教の聖地の様相を呈するようになると、王侯貴族や裕福な商人が仏龕《ぶつがん》を造って寄進したり、自家の祈願所とするようになった。

敦煌はタクラマカン砂漠の入口に位置していて、シルクロードの重要な拠点だったので、旅の安全や商売の成功を願う者たちは、競って御仏《みほとけ》のご加護にすがったのである。

石窟の中には多くの仏像が安置され、壁には経典の内容を分かりやすいように絵画化した「変相図《へんそうず》」と呼ばれる絵が一面に描かれた。

その代表的なものは、晩唐《ばんとう》（唐の晩期）に造られた第八五窟（九二頁）である。東側の入口から入ると、八畳ほどの方形の部屋になっている。

天井は四方からの斜面をすぼめながら組み合わせた形で、中心には藻井《そうせい》と呼ばれる方形のへ

第85窟(晩唐)。天井南斜面の法華経変相図。
左は、法華経変相図の「常不軽菩薩品」拡大図。
不軽菩薩が胸ぐらをつかまれ、今まさに
殴られようとしている

こみがある。これを伏斗形《ふくとがた》窟《くつ》と呼ぶのは、底に向かってすぼまっている中国の斗《ます》を、逆さに伏せたような形だからである。

その壁面が色鮮やかな絵画で埋め尽くされている。頭上の藻井には獅子《しし》や雲文《うんもん》、蓮華などの装飾文様が、ペルシャ絨毯《じゆうたん》のような緻密《ちみつ》さで描かれている。

天井の南斜面には法華経、東斜面には楞伽経《りようがきよう》、南壁には報恩経《ほうおんきよう》、北壁には薬師浄土などの変相図がびっしりと描かれている。

「これは経典の内容を誰にでも分かるように絵で示し

第217窟（盛唐）。法華経変相図に描かれた「化城宝処の譬え」。旅人を城に導く導師や、疲れ切って倒れてしまった旅人の様子が見事に描かれている

たものです。絵の中に描かれた長方形の札には、経典の内容を説明するための文章が記されていました。ほとんどが消えていますけどね」

敦煌研究院の劉文山《リユンウエンシャン》さんが、壁にペンライトを当てながら説明してくださった。

当時も絵が経典のどの部分を描いたのかを説明する人がいて、字の読めない人々の信仰の手助けをしたという。

日本でもお盆になると、お寺に参拝した人々に六道《ろくどう》図の絵解きをする光景を見かけるが、その原形はここにあったのである。

札の文字は墨書《ぼくしょ》のために劣化して消えたものが多いが、ラピスラズリや孔雀石《くじゃくいし》をくだいて作った岩絵具で描いた部分は、今も鮮やかな青や緑を保っていた。

「この法華経変を見てください」

編集者のT君が興奮気味に、手にしたペン

ライトを南の斜面に当てた。

「この絵図の中に『法華経』二八品のうち二四品が描かれています。たとえばこれは常不軽菩《じょうふきょうぼ》薩《さつ》品《ほん》の一場面です」

一二〇〇年前に法華経を信仰していた人たちと同じ変相図を見ている。そのことがT君をひときわ感激させていたのだった。

法華経変相図に描かれた「化城宝処の譬え」

つづいて第二一七窟（九三頁）を訪ねた。

ここも第八五窟とほぼ同じ規模の伏斗形窟だが、唐の勢いがもっとも盛んだった盛唐《せいとう》の頃に造られたもので、絵図の華やかさと技術の高さは群を抜いている。

南壁一面に描かれた法華経変相図は莫高窟を代表する傑作で、険しい山岳を背にし、荘厳な宝蓋《ほうがい》の下で初転法輪《しょてんぼうりん》を結ぶ如来が座している。

これは釈迦如来が霊鷲山《りょうじゅせん》において会衆《えしゅう》に法華経を説いた場面を表わしていて、まわりに描かれているのは『法華経』二八品の説話の一場面である。

「これはですね。第七化城喩品《けじょうゆほん》を描いたものです。『化城宝処《ほうしょ》の譬《たと》え』とも呼ばれています」

T君の感激は、もはや御仏を前にするような厳粛《げんしゅく》の域にまで達していた。

化城宝処の譬えとは、次のような話である。珍宝を得るために険難悪路を旅する一行が、中

途で疲弊の極に達し、一歩も前進できなくなって引き返そうとする。

これを哀れんだ導師が神通力で幻の都城を現出させ、一行は緑豊かな街で疲れをいやして再び旅を続けるが、振り返るともう都城は消えていたという。

これは涅槃《ねはん》（成仏）という「宝処」に民衆を至らせるために、御仏が「化城」という仮の涅槃を示して、中断せずにひたすら道を求めるように悟《さと》したことを示している。

説話としても面白いが、悪路をシルクロードの砂漠の道、化城を蜃気楼《しんきろう》と考えれば、説話と仏教伝来の道がぴったりと重なっていることに気付く。

法華経を信仰した人々が、日常的にこの説話に似た体験をしていたために、より説得力があったと思うのである。

山が美しい緑色で描かれているのも、砂漠の民の草木生い茂る大地へのあこがれを表わしているようで興味深い。これは山水図の初期の形態で、美術史的にも貴重である。

第二一七窟の北壁に描かれている観経《かんきょう》変相図にも触れておきたい。観経とは観無量寿経《かんむりょうじゅきょう》のことで、阿弥陀如来《あみだにょらい》と四脇侍《しきょうじ》菩薩を中心に極楽浄土の様子が描かれている。

注目すべきは背後に描かれた宮殿楼閣である。池の中に建つ朱柱、白壁の宮殿は、中国の王宮を参考にして描かれたという。

こうした変相図のスタイルは高野山西禅院《こうやさんさいぜんいん》や京都知恩院《ちおんいん》の阿弥陀浄土変《あみだじょうどへん》にも受け継がれているが、この様式に倣った建物が日本では実際に造られ、今日まで残されている。

「それは宇治《うじ》の平等院《びょうどういん》です。中国にはまったく残っていない建物が、日本だけに残されている

第158窟（中唐）。仏涅槃像

ことも信仰や文化、技術の伝播《でんぱ》を考える上でとても重要です」

劉さんに教えられて、なるほどそうかと思った。変相図に描かれた池の中に建つ宮殿の姿は、平等院鳳凰堂《ほうおうどう》にそっくりなのである。

平等院を築いた藤原道長は、極楽往生できるように阿弥陀仏から垂らした紐《ひも》を手に結びつけて息絶えたというが、鳳凰堂の原形が莫高窟に描かれていることを知っていただろうか。

もともと平等院は藤原家の別荘だったというから、平安貴族の寝殿造りの住居も、変相図の宮殿を手本にして設計されたものかもしれない。

さまざまな人種の人々が、仏陀の涅槃を悲しむ

次に訪ねたのは中唐《ちゅうとう》に造られた第一五八窟（本頁）。巨大な仏涅槃像《ねはんぞう》を安置した部屋である。

間口は一七・一メートル、奥行七・四メートルの長方形で、天井の高さは六・五メートルである。かなり大きな部屋に、白漆喰《しっくい》を塗った長さ一五・一メートルの涅槃像が横たわっている。

右脇を下にして横臥《おうが》した姿で、ふくよかな頬《ほお》をして目は半眼に閉じ、かすかな笑みさえたたえている。ひだのついた衣をまとった体はしなやかで美しく、色気さえ感じられるほどだ。いつまで見ていても立ち去り難い、出色《しゅつしょく》の出来である。

まわりの壁には、仏陀の死を悼《いた》んで駆けつけた人々の悲嘆の様子が描かれている。南壁には急を聞いて王舎城から駆け付けた大迦葉《だいかしょう》が双手《もろて》を挙げて号泣する姿と、それを支える仏弟子たちの悲しみの表情が描かれている。

東壁では侍女《じじょ》にかしずかれた漢族の皇帝が静かに祈りをささげ、北壁では在家信者や諸国の王たちが嘆き悲しんでいる。

第158窟の北壁。釈尊の入滅を聞き、集まった在家信者や諸国の王が悲しむ様子が描かれている

その人種はさまざまで、装束や髪形、肌の色などから吐《と》蕃《ばん》（チベット）、突厥《とっけつ》、回鶻《ウイグル》、アフガニスタン、パキスタン、ミャンマー、カンボジア、サマルカンドの王族だということが分かる。

それは仏教が人種を超えて信仰された世界宗教であることを示しているばかりでなく、

敦煌が東西世界を結ぶシルクロードの要所に位置していたことを象徴している。
そうした者たちの中には、悲しみのあまり自分で耳を切り落としたり、胸をはだけて切り刻んだりする者もいるが、西域にはそうした習慣があったことが、玄奘三蔵《げんじようさんぞう》の『大唐西域記《だいとうさいいきき》』に記されている。

次に訪ねた第一五六窟（一〇〇頁）は晩唐のもので、南壁には「張議潮出行図《ちようぎちようしゆつこうず》」が描かれている。九世紀の中葉、河西《かせい》地区は吐蕃に占領されていた。張議潮は民衆をひきいて反乱を起こし、吐蕃の支配を打ち破った。その功によって唐から節度使《せつどし》（地方長官）に任じられ、この地方を統治するようになった。

出行図は権力者となった張が己の権勢を記録するために描かせたもので、長さ八・五メートルにわたって出陣する軍勢の様子が活写されている。

先頭を太鼓や長い角笛を奏する楽隊が進み、旗を押し立てた儀仗隊《ぎじようたい》がそれにつづく。権力の象徴である旌節《せいせつ》（旗）を持つ二人の騎馬武者の後ろに、張将軍が白馬に乗って悠然と進んでいる。

これと向き合う北壁に描かれているのは、張の妻である宋国夫人が出行する姿である。先頭を行くのは歌舞と軽業《かるわざ》の一団で、軽業師が頭の上に立てた棒竿《ぼうさお》には三人の子供が登って雑技を演じている。これは歴史絵巻の嚆矢《こうし》と言うべきもので、当時の軍勢の編制、武器や装束の様子などを知るうえで貴重な史料である。

また張将軍のような権力者が、莫高窟で修行する僧たちを庇護していたことや、石窟を建立して自家の祈願所としたり権勢を誇示する場所としていたことがうかがえる。

これほど貴重な壁画の一部に煤《すす》で黒く汚された所がある。これは二十世紀になってロシア革命から逃れて来た皇帝側の兵たちが、一時この窟に隠れ住んで煮炊《にた》きをしていた跡だという。敦煌も近代史の激動と無縁ではいられなかったのである。

莫高窟の閉門は午後五時半である。それまでに大急ぎで十数カ所の石窟を見て回った。消化不良の感は否めないが、一つでも多くの窟を月に焼き付けておきたかった。

外はまだ明るい。あと二時間くらいは大丈夫だというので、敦煌の郊外にある白馬塔（一二三頁）を見学に行った。

亀茲《きじ》国の高僧鳩摩羅什《くまらじゅう》が呂光《りょこう》将軍に連れられて長安に向かう途中、経典を積んでいた白馬がこの地で息絶えた。そこで鳩摩羅什は塔を建てて供養し、村を白馬塔村と名付けた。西暦三八六年のことである。

白い塔の高さは一二メートル。基礎の部分は八角形、上部は円筒形をした九層の造りである。これまでに何度も建て替えられ、現存のものは元の時代に再建されたという。

敷地に立てられた看板には、塔の由来が絵図で記されている。それを見つけたT君が、さっそく「絵解き」をしてくれた。

「鳩摩羅什がこの村までやって来た時、突然白馬が倒れ、何も食べられなくなりました。その夜、彼の夢に白馬が出てきて、『私は大師の東方伝教のお供をするために御仏に遣わされた者です。無事に玉門関《ぎょくもんかん》の地に着くことができましたので、これにておいとまいたします』と言い残し、一本の光になって消え去ったのです」

第156窟（晩唐）。南壁の「張議潮出行図」（上）と北壁の「宋国夫人出行図」（下）

その言葉に鳩摩羅什がはっと目を覚ますと、すでに白馬は息絶えていたという。

玉門関とはタクラマカン砂漠の入口にある関所で、王昌齢《おうしょうれい》の〈孤城遥かに望む玉門関〉や、王之渙《おうしかん》の〈春光度《わた》らず玉門関〉の詩で知られている。

「安部さん、二人でここに来たのも、何かのご縁だと思いませんか」

「何かって？」

「鳩摩羅什の小説を書きなさいということですよ。ボクが白馬になってお供をしますから、挑戦してみませんか？」

出たな妖怪《ようかい》、である。まったくどこに飛び道具を隠し持っているか分からないので、編集者という

ものは油断がならない。

「そんなの無理だよ。鳩摩羅什と椋鳩十《むくはとじゅう》の区別もつかないんだから」

私は冗談にまぎらして逃げを打ったが、確かに二人して白馬塔に手を合わせるのも故なきことではないかもしれない。そう思い始めたのだから、すでにT君の術中にはまりかけていたのだった。

さらに鳴沙山《めいさざん》、月牙泉《げつがせん》まで足を延ばし、その夜は敦煌の町に出て食事をした。王剛《ワンガン》さんが、ここはお勧めだとシシカバブの店に連れていってくれた。シシとはトルコ語で串のことで、日本でも良く知られた肉の串焼きである。

羊や牛のブツ切りを金串《かなぐし》に刺し、胡椒《こしょう》やスパイスで味付けして焼き

上げたものだ。店の味は新疆《しんきょう》ウイグル自治区のものだというが、私の好みには合わなかった。スパイスが効きすぎているし、肉の焼き方が大雑把で干上がったように固くなっている。日本のモツ焼きの絶妙の塩加減やふっくらとした焼き上がりに慣れているせいか、「修業が足りんぞ」と言ってやりたいほどだった。

宿泊は敦煌賓館である。前に三度も泊まったことがある肩の張らない居心地のいいホテルだが、その夜はなかなか寝付けなかった。

夜行列車の旅の後のハードスケジュールで体は疲れきっているのに、神経が高ぶってさまざまな想念が頭を駆け巡る。その中には砂漠を渡る鳩摩羅什と白馬の姿もあり、彼の弟子である若者の視点で、数奇な運命をたどった高僧を描くのも面白いなどと考えていた。

翌四月十六日、異変が起こった。目を覚ますと、かつて経験したことのない激しいめまいに襲われたのである。横になっていると天井が回っているし、頭が下に沈み込んでいくような感じがする。立ち上がると体がふわふわと浮いて頼りないし、床が回って立っていられない。

どうしたんだろう。我が身に何が起こったのか。しばらくベッドに腰をかけて症状が落ち着くのを待ったが、世の中はまるでパラソルのように回りつづけている。

このままでは今日のスケジュールにも支障をきたす恐れがあった。

(落ち着け、落ち着け)

深呼吸をして自分に言いきかせ、原因を究明《きゅうめい》しようとした。

第9回　敦煌文書

めまいが起こった二つの可能性

敦煌《とんこう》に着いて二日目の朝に襲われた激しいめまい。その原因は二つ考えられた。

ひとつは疲れである。取材のための九日間を捻出《ねんしゅつ》するために、出発前に原稿を書き溜《た》めておかなければならなかったし、中国に着いてからもハードスケジュールの連続である。

しかも蘭州《らんしゅう》から敦煌まで夜行列車に揺られ、八〇〇メートルちかい標高差を登ってきている。

そのために内耳にある三半規管が異常をきたし、平衡感覚を失わせたのかもしれない。

それだけならまだしも、脳そのものに異常があるおそれもあった。何しろ立っていられないほどのめまいである。父が脳溢血《のういっけつ》で他界しているので、自分もそうした体質ではないかと前々から懸念《けねん》している。その疾病《しっぺい》に襲われたのではという不安があった。

もうひとつは悟りに関わるものである。

これまで四〇年近く小説を書きつづけてきたが、四、五年に一度めまいに襲われることがあ

った。それは小説家としての力量が上がる時、脳の中で行われるスクラップ&ビルドによるものである。

どんな修業や鍛錬《たんれん》も同じだと思うが、右肩上がりの直線を描いて成長していけるものではない。しばらく同じ平面にとどまり、ある日突然「分かった」という日が来て、階段を一段上がった感じになる。

突然自転車に乗れたり泳げたりするようになるのと同じで、それまでの努力が一気にそれを可能にする。禅で「一段抜けた」と言われる現象である。

ところが一段上がるためには、それまで自分が築いてきた脳の中の枠組《わくぐ》みを壊《こわ》さなければな

第57窟（初唐）。南壁中央の仏説法図に描かれた脇侍菩薩（敦煌のビーナス）。左下には金剛力士が描きそえてある

第45窟（盛唐）。西壁の仏龕中央には釈迦如来坐像が配され、天井部分には「虚空会の儀式」（法華経見宝塔品）が描かれている

らない。スクラップし、フラットになった上で新しく大きな枠組みを作るのである。

　この時めまいが起こる。おそらく脳の枠組みを壊す最中の現象だろうが、同時に激しい不安と恐怖に襲われる。古いものはもう壊したのに、新しいものはまだ現われないのだから、何もかも見失い、渦に巻かれて溺《おぼ》れかけている気がするのである。

　しかし数日、あるいは数週間耐えていると、ある日自分が一段抜けて新しい境地に立っていることを発見する。おそらく作家や芸術家が絶望して自死を選ぶのは、一段抜けるまでの時間に耐えられなくなった時だと思う。

　衝撃はそれほど強く、最初のうちは動揺するが、二度三度、と経験しているうちに、こうした現象に対する身の処し方が分かるようになる。

「あっ、来やがったな」

　そう察知して、次はどこまで抜けるのだろうと楽しみになったりするものだ。

（もし、この激しいめまいが、その類《たぐい》のものだとしたら……）

私は回りつづける床や天井を見ながら、そう期待した。

何しろ経験したことのない激しさなのだから、ここを抜けたらはるかな高みに立てるだろう。四回も敦煌を訪ねたことを賞して、莫高窟《ばっこうくつ》の仏さまたちがご褒美《ほうび》をくれたのかもしれない。そんな手前勝手なことを、大真面目に考えていた。

ともかく出発の時間は迫っている。私はホテルのロビーで編集者のT君に今の症状を告げ、二つの可能性があることを語った。

心配なのは症状が悪化して、倒れた場合である。

「もしそうなったなら、まず脳溢血を疑うようにお医者さんに伝えてほしい」

T君は半信半疑のようだったが、こう言っておけば万一の場合にも何とかなるのではないかと思った。

平山郁夫画伯が愛した「敦煌のビーナス」

車で莫高窟へ向かう間も、石窟の外に設置された階段や通路を歩く時も、めまいは鎮まらなかった。

足が宙に浮いているような、現実とのつながりが希薄《きはく》になったような感じのまま、第五七窟（二〇四頁）に入った。

ここは美人窟の名で知られている。南壁に描かれた菩薩《ぼさつ》が女人のように美しいからで、「敦煌のビーナス」とも呼ばれている。シルクロードを描きつづけた平山郁夫画伯《がはく》がこよなく愛した、莫高窟指折りの傑作である。

広さは五メートル四方ほどで、伏斗形《ふくとがた》の天井もそなえている。正面にあたる西壁の仏龕《ぶつがん》には、釈迦如来坐像《しゃかにょらいざぞう》と比丘《びく》や菩薩の塑像《そぞう》が安置されている。

南壁には仏説法図《ぶっせっぽうず》が描かれ、釈迦如来坐像の左右に比丘や菩薩が配してある。件《くだん》のビーナスは向かって左で、頭をかしげ腰を曲げたS字形の優雅なポーズを取っている。

表情の気高さやおだやかさ、かすかにピンクがかった肌の色も見事だが、目を引かれるのは胸をおおう半透明のブルーの薄物《うすもの》である。

それが金色の胸飾《むねかざり》とコントラストを成し、美しさはたとえようもないが、五年前に初めて見た時よりラピスラズリで描いたベールが色あせている気がした。

案内していただいた敦煌研究院の方にその話をすると、「確かに少し薄くなったような気がします」という返事だった。

「敦煌のビーナス」も、日々劣化の危機にさらされているのである。

見物に集中しているうちに、めまいはかなり治まっていた。窟全体がビジターセンターで見た映像のようにゆっくりと動いている程度である。

釈迦如来もビーナス菩薩も動いている。まるで仏の世界に迷い込んだようだと思っているうちに、妙な考えが脳裡《のうり》をよぎった。

第285窟（西魏）。左側が西壁で、その中央にあるのが釈迦如来坐像。右側が北壁にあたり、僧侶が修行のために使った４つの房室を見ることができる。房室の上は7つの区画に分けられて、二仏並坐像と仏三尊像が描かれ、さらにその上には禅定する比丘が描かれている

昔の人たちはこうした石窟で、大麻のような幻覚作用のある薬草を使っていたのではないか。そうすれば塑像も壁画もいっそう鮮やかに見えて、極楽浄土《ごくらくじょうど》に行ったような体験ができたのではないだろうか。

これはめまいに襲われた小説家の頭に浮かんだ妄想である。だが広大な砂漠《さばく》を命懸けで旅をしてきた人たちが、それくらい超常的な歓《よろこ》びを求めたとしても不思議ではない。

それにあまりにも精巧で色鮮やかな塑像や壁画には、そうした想像をさせる不思議な怪《あや》しさがただよっていた。

次に第四五窟（一〇五頁）を訪ねた。前室と主室から成っていて、前室はかなり壊されているが、主室はほぼ完全な状況で保存されている。

西壁の仏龕には釈迦如来坐像を中心に、向かって左に阿難《あなん》、菩薩、天王《てんおう》。右に迦葉《かしょう》、菩

第285窟。窟頂西面部分。中央上部に2人の飛天が対峙して、その両側には
連鼓を激しく打つ雷神、その下に鮮花を盛った大盆があり、
その両側に疾走する飛廉(ひれん)が描かれている

第285窟。窟頂東面部分。中央部に花が咲いた蓮と摩尼宝珠を捧げる2人の力士が描かれ、
宝珠の両側に人面蛇身が描かれている。左側の定規を持つ人面蛇身が伏羲

薩、天王が配されている。

年若い阿難と年配の迦葉の塑像は写実的で、菩薩は天女のような優しさと優雅さを、天王は武人としての猛々しさをそなえている。衣装や光背の彩色も素晴らしく、盛唐《せいとう》時代の名品との呼び声が高い。

仏龕の天井には、緑色を基調とした法華経見宝塔品《ほけきょうけんほうとうほん》が描かれていた。大地から湧出《ゆうしゅつ》した多宝塔《たほうとう》を間にして、釈迦如来と多宝如来が並んで座り（二仏並坐）、十方世界から集まった仏たちを前に虚空での説法（虚空会の儀式）を行なっている。

見宝塔品は当時から重視され、莫高窟の中でもっとも多く描かれている仏画だという。

南壁には法華経普門品《ふもんほん》が、絵巻物のように詳細に描かれていた。これは観世音《かんぜおん》菩薩が三十三応身に身を変えて衆生《しゅじょう》を救う様子を描いたもので、絵の中の短冊《たんざく》に記した説明書きも比較的よく残っている。

中でも八難救済の中の大海を漂流する船の絵は出色《しゅっしょく》で、布（木綿）の帆を張っていることや舵《かじ》や櫓《ろ》の構造など、当時の航海法を知る上でも貴重な史料である。

日本で布の帆が使われるのは戦国時代の中期からなので、唐の時代に本当に布の帆があったのか、どうしてそれが日本に伝わらなかったのかなど、大いに興味をそそられるテーマである。

次に訪ねたのは第二八五窟（一〇八〜一〇九頁）で、大代大魏大統四年（西暦五三八年）の表記が残されている。莫高窟の中で紀年が分かるもっとも古いものである。

北魏《ほくぎ》の末期、西魏《せいぎ》の初期にあたり、遊牧民族だった鮮卑《せんぴ》族が築いたものだ。

東の入口から足を踏み入れた途端、絢爛豪華《けんらんごうか》な世界が目の前に広がった。伏斗形の方形窟で、幅六・四メートル、奥行き五・九メートル、高さ四・三メートル。正面の西壁に三つの仏龕があり、中央に大きな釈迦如来坐像、左右にやや小さめの僧形禅定《ぜんじょう》像がおさめられている。

圧倒されるのは窟頂（天井部）の四面である。乳白色の壁面を飛天《ひてん》や飛廉《ひれん》（翼を持つ鹿）、飛雲《ひうん》、天花《てんげ》が縦横無尽《じゅうおうむじん》に飛び回っている。その間には中国の神話に登場する人面蛇身の伏羲《ふくぎ》や人面鳥身の愚強《ぐきょう》が描かれている。

この絵を見ただけで天井がぐるぐる回り出すほどの躍動感があり、窟頂下部には禅定している三五人の比丘が窟内をひと回りする形で描かれている。

この窟が作られたのは仏教伝来の初期にあたり、インドの信仰の影響を色濃く残している。西壁の中央の仏龕の両側にはシバ神とヴィシュヌ神が描かれ、仏法の守護神となっている。また北壁と南壁には四つずつ房室が設置され、往時は僧たちが中に座って禅の修行に打ち込んでいた。

莫高窟が修行の場となっていたことを示す好例で、僧たちは仏龕の禅定像や窟頂下部に描かれた三五人の比丘像を、己の姿と重ね合わせていたことだろう。

北壁の房室の上は七つの区画に分けられ、二仏並坐像や仏三尊像が描かれている。それぞれの絵の下には供養者の名前や日時が記され、当人とおぼしき人物像が描かれている。大統四年の表記もここにあったという。

第17窟(晩唐)。正面の高僧像はかつて第362窟に移されていたが、像の背から骨灰袋が発見され実在の人物と判明。その後の研究により高僧「洪辯像」と確認された

南壁の房室の上には「五百強盗成仏因縁《ごひゃくごうとうじょうぶついんえん》」が描かれていた。その物語はおよそ次の通りである。

ある国に五〇〇人の強盗がいて、さんざん暴れ回っていたが、王がさし向けた軍勢に捕えられ、両目をえぐられる刑を受けて山林に放逐された。

彼らが苦しむ声を聞いた仏は、神通力で風とともに妙薬を送り、強盗たちの目を再び見えるようにした。仏の慈悲に触れて前非を悔いた彼らは、仏法に帰依《きえ》して参禅し、入定《にゅうじょう》することができたのである。

南壁の絵をながめているうちに、蔀《しとみ》を上げたお堂が描かれているのを見つけた。

平安時代の寝殿造りの御殿《ごてん》には蔀戸が使われていたが、その源流は北魏にあったのかもしれない。

『敦煌』の題材になった第一七窟

多くの日本人は井上靖作の『敦煌』によって、莫高窟と敦煌文書のことを知ったのではないだろうか。

物語は科挙《かきょ》の試験に失敗した主人公が、全裸で売られていた西夏《せいか》の女を助け、彼女から西夏文字を記した布をもらったところから始まる。西暦一〇二六年のことだ。

やがて彼は西夏に行く途中に戦乱に巻き込まれた末に、沙州《さしゅう》（敦煌）の寺にあった経典を西夏の略奪から守るために石窟の中に隠した。それが九〇〇年の後に敦煌文書として発見された。物語はその顚末《てんまつ》を追ったものだ。

莫高窟見学のハイライトは、この物語の舞台となった第一七窟（一一二頁）だった。第一六窟の甬道《ようどう》の北側に作られた小部屋（間口二・八メートル、奥行き二・七メートル）で、中には晩唐《ばんとう》の高僧の坐像が安置され、背後の壁には樹下に立つ侍者《じしゃ》と尼僧の図が描かれている。

ここに三万点とも四万点ともいわれる文書が保管され、西暦一九〇〇年に王円籙《おうえんろく》という道士《どうし》によって偶然発見された。その中には唐代以前の貴重な資料が大量にあったために、莫高窟の名は一躍世界に知られるようになった。

甬道に立ち第一七窟の中をのぞき込むと、学生時代に『敦煌』を読んでロマンを馳《は》せたことを思い出して感無量だった。

鳩摩羅什が仏典の翻訳をした草堂寺（西安市）

甬道の壁に描かれた菩薩七体は、宋代に重ね描きされたものだというので、文書を隠した後に、発見されないようにカモフラージュしたのかもしれないと、想像の翼は果てしなく広がった。

莫高窟の見学を終え、敦煌空港でチェックインした頃には、めまいは治まっていた。

どうやら重い病気ではなかったようだが、一段抜けるためのスクラップ現象だったかというと、いささか自信がない。残念ながら覚醒《かくせい》したと言えるほどの変化は訪れないままだった。

西安咸陽国際空港に着いたのは午後五時三十三分。そのまま車で長安城に近いホテルに向かい、食事をすまして早目に寝ることにした。

危険はまだ完全に去ったわけではないので、体を休めておく必要がある。それに脳の中でスクラップの後のビルドが始まっているのなら、頭をそっとしておいたほうがいいと思った。

翌四月十七日は取材最終日だった。幸い体調に異常

はなく、まず鳩摩羅什《くまらじゅう》ゆかりの草堂寺《そうどうじ》を訪ねた。

西安市の南郊に位置し、寺は竹林や樹木の中にひっそりとたたずんでいる。表門、天王殿、大雄宝殿が一直線に並ぶ、古式ゆかしい造りである。

「この寺は後秦《こうしん》の姚興《ようこう》が、鳩摩羅什に仏典の翻訳をさせるために建てたものです。もとは姚興の別荘だったと伝えられています」

王剛《ワンガン》さんが、ようやく出番が来たとばかりに説明してくれた。

西暦三八四年に亀茲《きじ》国は前秦の呂光《りょこう》に亡ぼされ、鳩摩羅什も捕えられて涼州《りょうしゅう》（武威）に連行された。敦煌で白馬が死んだのはその途中のことだ。

以後一六年間涼州で暮らしたが、四〇一年に後秦の姚興に迫られて長安に移り、草堂寺に住むことになった。その翌年には姚興の奸計《かんけい》におち、女犯《にょぼん》の罪を犯して還俗《げんぞく》したと言われている。

そのドラマが今立っているこの場所で起こったと思うと、鳩摩羅什が急に身近に感じられた。

「この先に大師の舎利塔《しゃりとう》があるようです。まずはそこから行きましょう」

T君は聖地巡礼の修行者の顔になっていた。

第10回　羅什とその弟子

鳩摩羅什が仏典の翻訳をした草堂寺

鳩摩羅什《くまらじゅう》の舎利塔《しゃりとう》（一一八頁）は、草堂寺《そうどうじ》の境内の西のはずれにあった。四〇一年に後秦《こうしん》の姚興《ようこう》に迎えられてこの寺に住み、仏典の翻訳《ほんやく》にあたった羅什は、八年後の四〇九年に他界した。時に六十歳だったという（没年と年齢には諸説あり）。

姚興は彼の死を悼《いた》み、堂宇《どうう》と舎利塔を建立し、遺骨《いこつ》を奉納した。舎利塔は二メートル四方ほどの木造の堂でおおわれ、堂宇と向かい合って建っている。

堂の扉は閉まっていて、格子の間からしかのぞけないかと落胆していたところ、お坊さんを先頭にした一〇人ばかりのグループがやって来て、扉を開けて舎利塔に参拝し始めた。

塔は乳黄色の大理石造りで、高さは二メートル三〇センチばかり。八面一二層なので八宝石塔と称されている。塔身には精巧な浮き彫りの紋飾りと碑文がある。羅什の功績《こうせき》を顕彰《けんしょう》したものだと思うが、小さな文字なので読み取ることはできなかった。

一六〇〇年以上前に建てられた舎利塔。しかも中国仏教（ひいては日本仏教）の大恩人なのだから、中国人の参拝者たちも敬虔《けいけん》な面持ちで礼拝し、塔を回り始めた。

T君が案内のお坊さんに頼み込み、我々も塔を回ることを許してもらった。

「構いません。回りながら願い事をすると、鳩摩羅什さまが叶《かな》えてくださいますよ」

お坊さんがそう言ったと、王剛《ワンガン》さんが伝えてくれた。

むむむ、かなり観光名所化しているようである。しかし羅什ほど、数奇な運命をたどりながらも偉業を成しとげた人物なら、我らのささやかな願いなど苦もなく叶えてくれるかもしれない。

私は塔を回りながら、心願を成就させてくださいとお願いした。生真面目《きまじめ》なT君は何を願っているのか、思い詰めたとも放心したとも取れる弛緩《しかん》した表情で足を運んでいた。

『高僧伝』の中の「鳩摩羅什伝」には、これまでT君や王さんが教えてくれたことが明確に記されている。

羅什はインド人の父鳩摩羅炎《くまらえん》と、亀茲《きじ》（クチャ）国王の妹耆婆《ぎば》との間に生まれた。仏教の布教のために亀茲を訪れた羅炎に、二十歳の耆婆が一目惚《ぼ》れし、押しかけ女房のようにして夫婦になったという。

羅什が生まれた後、耆婆は周囲の反対を押し切って出家した。そして羅什が九歳になると、仏教のさらなる修行をめざして二人で罽賓《カシュミール》に留学した。

お陰で羅什の勉学は順調に進み、三年後に小乗仏教（上座部仏教）の奥義を得て亀茲に帰ることにした。その途中の疏勒《そろく》国で大乗仏教の教えに触れ、これこそ御仏《みほとけ》の真実の教えだと悟っ

草堂寺にある鳩摩羅什の舎利塔。訪れた人々が舎利塔を回りながら祈りを捧げている

た。

羅什が二十歳になってしばらくすると、母親の耆婆はさらなる修行のために単身インドへ行く決意をし、息子に向かってこう言った。

「大乗仏教は深い教えなので、大いに中国に広めなさい。これができるのはお前だけだろうが、お前自身にとっては利のあることではない。それでもやりますか」

これに対して羅什は次のように答えた。

「菩薩《ぼさつ》の道は他人を利してわが身を忘れることです。もし中国に大乗を伝え、多くの人々を救うことができるならば、わが身は火あぶりにされても恨みはいたしません」

その後、羅什はしばらく亀茲にとどまり国師として敬《うやま》われていたが、三十五歳の時に呂光《りょこう》将軍に拉致《らち》されて涼州《りょうしゅう》（甘粛《かんしゅく》省）の武威《ぶい》に移った。

五十二歳の時に後秦の姚興が武威を攻め、羅什を奪い取って西安《せいあん》の草堂寺に移した。そして

国師として迎え、手厚くもてなして仏典を翻訳する環境をととのえたのである。

女犯《にょぼん》の罪を犯して還俗《げんぞく》したいきさつについて、『高僧伝』は大略次のように伝えている。

〈姚興は常に羅什に言っていた。あなたは聡明な天才だ。天下に二人とない方なのに、もし突然亡くなられたなら、どうして仏法の種を継がせられましょうか、と。その心配のあまり、妓《うた》女《ひめ》一〇人を近侍させて子孫を残そうとした〉

また逝去の様子は、次の通りである。

〈後秦の弘始《こうし》十一年（四〇九）八月二十日、羅什は長安で死んだ。この年は晋の義熙《ぎき》五年である。すぐに逍《しょう》遥園《ようえん》（草堂寺）で外国の法に従って、火で遺体を焼いた。薪は燃え尽き体は無くなったが、舌だけは灰にならなかった〉

羅什は生前、「もし自分が訳した経典に誤りがなければ、体を焼いた後も舌だけは焼けることがないだろう」と予言していたが、それが成就したのである。

感業寺の門前

則天武后が女帝への第一歩を踏み出した地

次に感業寺《かんごうじ》を訪ねた。

渭河《いか》の近くにある寺で、長安《ちょうあん》城の後宮に位置している。皇帝の寵愛を受けた女性たちが、皇帝の死後に剃髪《ていはつ》して余生をすごすための尼寺である。

王さんに頼んで案内してもらったのは、この寺に一時期則天武后《そくてんぶこう》が入っていたからだ。

この取材中、私は遣唐使として長安を訪ねた粟田真人《あわたのまひと》の小説『迷宮の月』（新潮社）を書いていた。

西暦七〇二年に唐に渡った真人は、翌年に大明宮《たいめいきゅう》の麟徳殿《りんとくでん》で武后と対面して厚遇されるが、それを伝える史料はわずかしか残っていない。

そこで武后のことを少しでも知るために、彼女の人生の転機となった感業寺を訪ねてみたかったのである。

今では「感業寺」と記された表門と、近頃再建したとおぼしい本堂しか残っていないが、この寺で武后は中国唯一の女帝となるための第一歩を踏み出した。

「ともかく凄《すさ》まじい人です。中国三大悪女の筆頭ですから」

王さんが苦笑しながら門前の説明書きを解説してくれた。

六二四年に生まれた武后は、十四歳で唐の皇帝太宗《たいそう》（李世民《りせいみん》）の後宮に入った。

二十六歳で太宗が他界したために感業寺に入ったが、三年後には高宗《こうそう》（太宗の子）の後宮に入り、長男李弘《りこう》を出産した。

感業寺で行なわれた父の法要に出席した高宗が武后を見初《みそ》め、還俗させて後宮に迎えたと言われているが、太宗が病床にあった頃から二人は恋仲になっていたという説もある。

ともあれ五歳下の皇帝の寵愛を受けて後宮に返り咲いた武后は、三十二歳で高宗の皇后を追い落として皇后の座につく。

そして三十七歳になると高宗さえも意のままにして政治の実権を握り、六十七歳で女帝になって国名を唐から武周《ぶしゅう》に改めた。その間には後宮のライバルたちばかりか、わが子や孫までも殺し、密告や拷問を奨励する恐怖政治を行なった。

「武后にも唐の朝廷にも、北方騎馬民族の血が入っていますからね。やることが厳しいのはそのためかもしれません」

その一方、武后の治政下で唐は空前の発展をとげていた。

実は六六三年の白村江《はくそんこう》の戦いで日本が唐に敗れたのは、武后の政治手腕に太刀打ちできなかったからなのである。

感業寺を後にして灞河《はが》に向かった。

長安の頃の港の跡を見て、当時の水運の状況を知りたい。私のリクエストに応えて、王さんが灞河にある広運潭《こううんたん》という港に案内してくれた。

これだけ内陸部にもかかわらず、川の幅は二〇〇メートル近くあった。中ほどには縦長の島があるので、当時は島にも川岸にも船をつないだのだろう。

ここから灞河を北に向かって下れば、長安の北を西から東へと流れる渭河《いか》に出る。渭河にそって黄河に出れば、洛陽《らくよう》北郊の港に着く。

長安と洛陽を結ぶ水運の大動脈で、物資の輸送や人の移動に用いられた。

灞河の港・広運潭。川の中ほどにある島も見ることができる

遣唐使たちも長江《ちょうこう》の河口の港から通済渠《つうさいきょ》（隋の時代に完成した大運河）を通り、黄河《こうが》をさかのぼって広運潭に船をつけたのかもしれない。

粟田真人の一五年後、第九次遣唐使（回数については諸説あり）として入唐《にっとう》したのが阿倍仲麻《あべのなかま》呂《ろ》、吉備真備《きびのまきび》、井真成《せいしんせい》らであった。

玄宗《げんそう》皇帝に重用されたものの、ついに帰国がかなわなかった仲麻呂。帰国して朝廷の高位に登用されたが、やがて失脚する真備。志が果たせないまま長安で客死した真成。

三人三様の運命についても物語にしたいと夢はふくらむが、その際に一番難しいのが、一三〇〇年前の唐や長安の様子を再現することだ。

その参考になる有り難い書物がある。西暦八三八年に入唐し、八四七年に帰国した慈覚大師《じかくだいし》円仁《えんにん》が記した『入唐求法巡礼行記《にっとうぐほうじゅんれいこうき》』（深谷憲一訳、中公文庫）である。

四十五歳で唐に渡った円仁は、後につづく僧

鳩摩羅什の病死した白馬を弔って塔を建てたことから「白馬塔」と名付けられた。高さは12m。甘粛省の重点文物保護地に指定されている

たちの参考に供したいと思ったのか、全行程を実に細かく記録している。

その中には八四〇年八月に灞河を渡った様子も記されている。山西省《さんせいしょう》の五台山《ごだいさん》に参拝した円仁の一行は、太原《たいげん》に出て汾河《ふんが》ぞいに下って黄河まで出ると、船を浮かべて橋が造られていた。

長さ二〇〇歩（約三〇〇メートル）ほどのこの船橋を渡り、長安に向かった。これが八月十三日のことで、十九日には渭河を渡った。河幅は一里（約五四〇メートル）ほどあり、橋の長さも同様だった。

翌二十日、南へ行くこと二五里で万年県の灞橋店に着き休息。昼食をとった。おそらく灞河にかけられた船橋のたもとに旅館街があったのだろう。

〈灞水はもと終南山から出て来て渭河に入る河である〉（『入唐求法巡礼行記』）

食後、灞橋から南へ行くこと一五里で滻水《さんすい》橋

に着いた。これも滻河《さんが》にかかる船橋で、二つの河を渡って西に向かい、長安城の東にある彰敬《しやうけい》寺《じ》で休息した。

八月二十二日に春明門から長安城内に入った円仁たちは、長安の警備所長に旅行証明書（公験）を示し、城内の寺に寄留して仏法を学ばせていただきたいと願い出た。

こうして以後五年にわたる留学修行が始まったのである。

鳩摩羅什と、その弟子の物語

その夜はいよいよ最後の晩餐《ばんさん》。明日には王さんともお別れである。

さて何を食べようかという話になり、

「それなら私の知っている店に案内させてください」

王さんが張り切って勧めてくれたのは、西安名物火鍋《ひなべ》の店だった。

口から火を噴くほど辛いのでこの名があるようで、我々にはいささかハードルが高い。それでも王さんの好意を無にするのが気の毒で応じることにした。

金属で造られた四角の鍋には仕切りがあり、唐辛子色の真っ赤なスープと、それほど辛くない白いスープに分かれていた。

好みのほうに野菜や肉を入れ、しゃぶしゃぶのようにして食べる。辛いほうも案外いけるね、などとT君と話しながらいただいたが、これが大間違いだったことをその日の夜半に思い知ら

されることになる。

「先生、今度の旅はいかがでしたか。お役に立ちましたか」

乾杯の後に王さんがたずねた。

「パーフェクトです。お陰で想像以上の素晴らしい取材になりました」

それは掛け値なしの本心だった。

「それならどうでしょう、敦煌《とんこう》から先の天山南路にも行ってみませんか」

そう提案したのはT君である。そこはインドから西域をへて仏教が伝わった道であり、鳩摩羅什が生まれた亀茲国もあるという。

「そうだね。『仏の道』紀行と言うからには、そこまで足を延ばしたいね」

「本当ですか。それならボクが何とかします」

T君はさっそく手帳を取り出し、いつ頃なら大丈夫かとスケジュールを押さえにかかった。

「その時は私も同行させてください。もっと勉強して、先生のお役に立てるようにしますから」

王さんも手帳を出してメモを取り始めた。

待てよ。これでは孫悟空《そんごくう》や猪八戒《ちよはつかい》に連れ回されているようなものではなかろうか……。

「うーん。そうだね。行けるといいんだが、いろいろとね」

「行けますよ。ボクが白馬の役をします。亀茲国に行けば、鳩摩羅什の小説にもはずみがつきますよ」

T君は紀行ばかりか小説も書かせる気なのである。これだから敏腕編集者は恐ろしい。

困ったことになったと思いながらも、草堂寺で羅什の舎利塔に触れた時から、私の頭の中では物語が芽を吹き始めていた。

羅什の視点ではとても書けないが、倉田百三の『出家とその弟子』（新潮文庫）のように、羅什と行動を共にした弟子の視点からなら書けるのではないか。

弟子の名はカルマ。業《カルマ》を背負った人間が羅什に師事し、師の謦咳《けいがい》に接することで、悟れない苦悩はますます深まっていく。

それこそが人間の姿。彼は自己の業にもがき苦しみ、悟れない自分を嫌悪しながら、時には悟りすましたように見える羅什に憎しみさえ覚える。

そして草堂寺に着いてからの羅什の女犯と死。苦悩と混乱のどん底に突き落とされたカルマは、自分なりの解決を求めて砂漠の道を歩き、やがて敦煌の莫高窟《ばっこうくつ》へとやって来る……。

頭に芽吹いた二つ葉は、ビールと火鍋の力を得てジャックの豆の木のように天に向かって伸びていく。

これも作家の業だとあきれながら、私はいつか挑戦するのも悪くないと考えていたのだった。

第2部 天山南路をゆく

第1回　辺境と呼ばれた西域へ

西域へと旅立った理由

「仏の道をめぐる旅」、後半の幕開けである。

第一部では西安《せいあん》から蘭州《らんしゅう》へ、そこから約一〇〇〇キロの河西回廊《かせいかいろう》をたどり、蘭州の柄霊寺《へいれいじ》石《せっ》窟《くつ》や敦煌莫高窟《とんこうばっこうくつ》などを訪れた。

唐の都長安《ちょうあん》（現在の西安）とヨーロッパを往来した隊商たちは、旅の安全を祈ったり御仏《みほとけ》のご加護に感謝するために、こうした石窟を築いて心の拠《よ》り所とした。

それは当時の信仰や歴史、風俗などを伝える貴重な記録であると同時に、東西文化の融合の上に生み出された類《たぐい》まれなる芸術作品でもあった。

鳩摩羅什《くまらじゅう》の足跡をたどることもできた。

西域の亀茲《きじ》国から前秦《ぜんしん》の将軍呂光《りょこう》によって連行された羅什が立ち寄った白馬寺《はくばじ》や、『法華《ほけ》経《きょう》』の翻訳に没頭した逍遥園《しょうようえん》（草堂寺《そうどうじ》）の跡を訪ねた。

2018年4月に敦煌莫高窟を訪れた著者（左）

そうした実り多い旅の終わりに、同行していた編集者のT君が思いがけない提案をした。

紀行文を書くばかりでなく、いつの日か羅什の小説も書いてほしいというのである。

私は「そのうちにね」などと曖昧《あいまい》なことを言って確約をさけようとした。すでに五年先までスケジュールが決っていて、これ以上はとても無理だと思ったからだが、T君はいつもと違った鋭い目をして追い込みにかかった。

「それなら鳩摩羅什大師が生まれた亀茲国に行きましょう。彼が幼い頃に仏教を学んだスバシ故城や、カシミールへ留学した時に通ったパミール高原の道をたどれば、きっと構想もふくらみますよ」

確かにそうした地名を聞いただけでわくわくする。

しかもこの道は唐の玄奘《げんじょう》三《さん》蔵《ぞう》が仏教を学ぶためにインドから長安に帰る時の通路とも重なっていて、まさに仏教東漸《とうぜん》の大動脈である。

河豚《ふぐ》は食いたし命は惜しし。私が二の足を踏んでいると、ガイドの王剛《ワンガン》さんまでが、

「シルクロードを見なければ、仏の道を理解することはできないと思います。行かれるなら、私もお供をしますので」

いつの間にかT君とタッグを組んでいる。

私は迷いながらも、確かにそうだろうなと思い始めていた。敦煌は四度訪ねたが、その先の西域にはまだ足を踏み入れていない。

しかし『法華経』などを生んだ初期仏教が、西域の砂漠地帯に影響を受けていることは、蜃《しん》気楼《きろう》を思わせる「化城宝処《けじょうほうしょ》の譬《たと》え」などを見れば明らかである。

こうした厳しい環境が育《はぐく》んだ救いへの渇望《かつぼう》や大自然への畏怖《いふ》などを身をもって経験しなければ、莫高窟などに残された仏像や壁画の意味を理解することはできないのではないか。

私はあれこれと思い悩んだ末に、

「よし分かった。その道をたどって、羅什の小説にも挑戦してみようじゃないか」

清水《きよみず》の舞台から飛び下りるつもりで、T君の提案に応じたのだった。

機上から見た日本列島に思う

令和《れいわ》になって八日目の五月八日、午前七時にT君と羽田空港で待ち合わせた。

「いよいよこの日が来ましたね。楽しみですね」

T君は大きなキャリーバッグを持ち、ぎっしりと荷物を詰めたバックパックを背負っている。カメラマンも兼ねているので、機材一式を持参したという。朝五時に自宅を出てきたというのに活力に満ちているのは、この仕事に賭ける意気込みゆえである。

「ともかく無理をしないことと、健康に気をつけることだね」

旅のルールをそう決めて、午前九時五分発の北京《ペキン》行きに乗った。

空は晴れ渡り雲ひとつなく、出発してしばらくすると雪をかぶった富士山がくっきりと見えた。駿河湾《するがわん》も伊豆半島も地図の形そのままに横たわっている。

幸運なことに、この日はそうした天気がずっとつづき、日本列島のパノラマを見ながら飛びつづけることができた。

安倍《あべ》川、大井川、天竜川、三河湾や伊勢湾、そして琵琶湖《びわこ》上空を抜けて日本海に出る。取材で訪れた時のことを思い出しながら、眼下の景色をながめるのは楽しいものだ。

椅子《いす》のポケットにあった『週刊新潮』を何気なくめくっていると、一首の歌に目を引かれた。

〈言葉とは行く雲の影わたつみに
いま生まれたる水泡《みなわ》を思ふ〉

歌人で『万葉集』の研究者でもある内藤明氏の作である。

日本列島は大海原から生まれたと神話は伝えている。イザナギとイザナミが天の浮き橋に立ち、天沼矛《あまのぬほこ》で海をかき回して矛を上げると、滴《したた》り落ちた潮が積ってオノゴロ島になったという。

「いま生まれたる水泡」という言葉はそうした神話を思わせると同時に、歌が生まれる現場の情景にもつながっている。

「行く雲」とはこの世のあらゆる事象《じしょう》のことだろうし、その「影」を身に受けることで、人間の脳という大海原に言葉が生まれる。

言葉は無数であり組み合わせは無限なのだから、その言葉が生まれ出る確率は大海原に生じる水泡の如きものだ。

その言葉を的確にとらえ、民族の集合的無意識を意識化することが歌人の役割なのだ。内藤氏の歌にはそんな思いが込められている気がした。

日本海はべた凪《な》ぎだった。朝日に照らされた海は白銀色に輝き、わずかにさざ波を立てている。

小浜《おばま》湾や久美浜《くみはま》、そして砂場のような鳥取砂丘が見える。とび箱のような形をした大山《だいせん》には、雲がわずかに残っていた。

宍道湖《しんじこ》の西には出雲《いずも》大社があり、稲佐《いなさ》の浜が広がっている。この地は国譲り神話の舞台となった場所である。

高天原《たかまがはら》に住む天照大御神《あまてらすおおみかみ》は、大国主神《おおくにぬしのかみ》が治める葦原中《あしはらのなか》国《つくに》に建御雷神《たけみかづちのかみ》と天鳥船神《あめのとりふねのかみ》をつかわし、

「この国はわが御子《みこ》が治めるべきなので、早々に明け渡

ウルムチ上空から見えた天山山脈の北側。この南側が天山南路となる

すように」

さもなくば武力をもって征圧すると迫った。

「さあ、どうだ。否《いな》か左《さ》か」

イエスかノーか返答せよと迫ったことから、「稲佐の浜」と呼ばれるようになったと伝えられている。

大国主神はとても勝てないと思ったのか、それとも戦争を嫌ったのか、この申し出に応じて国を譲ることにした。

飛行機はちょうど稲佐の浜の上空で日本列島を離れ、朝鮮半島へと向かっていく。それを見ていると、建御雷神らが稲佐の浜に上陸した理由がよく分かった。

朝鮮半島から船を出し、対馬《つしま》海流に乗って大山をランドマークとして船を進めれば、稲佐の浜あたりに着くのである。

我らの大鳥船は朝鮮半島を横切り仁川《インチヨン》国際空港の上空にさしかかった。

黄海《こうかい》はちょうど引き潮で、沿岸部にはどぶ泥のような干《ひ》潟《がた》が広がっていた。黄海は内海なので海底に泥が堆積《たいせき》する。

黄海では蜃気楼が発生することが多く、地元では巨大

なハマグリが気を吐いて起こす現象だと考えられている。

蜃気楼という名も、蜃（巨大ハマグリとも竜とも言う）が気を吐いて楼閣を見せることに由来する。

しかし考えてみれば、現代の我々も蜃気楼の中に生きているようなものだ。

日々世界中のニュースが飛び込んでくるが、それが事実かどうか確かめる術《すべ》はないし、中には意図的に脚色して伝えられるニュースもある。

そうした膨大な情報を精査し、何が正しくて何が間違っているかを判断する能力を、残念ながら我々は持ち合わせていない。

だからこそ、これだけは絶対に正しいと信じられるものを持つことが重要なのである。

北京空港から首府ウルムチへ

飛ぶこと三時間、日本時間の正午に北京首都国際空港に着いた。

二人はゲートを出て国内線に乗り換えた。かなり距離があるので一年前に来た時には戸惑ったが、今回はすんなりと目的の場所にたどり着くことができた。

T君のいい所は、困難に直面してもあわてないことである。それはしっかりとした見通しがあるからではなく、どうにかなるさと楽天的に構えているからだ。

見方によっては能天気ともとられかねない態度だが、これは世の中と自分の能力に対する漠

然とした信頼を持っているからで、重要なスキルのひとつである。

実際に何だかんだと言いながらも、いつの間にか困難を解決してくれる。実にストレスの少ない同行者なのである。

午後三時五十五分、ウルムチ行きの国内線が離陸した。

北京の空はスモッグと黄砂《こうさ》におおわれて白くにごっている。それでも眼下の景色は見通せて、蛇行しながら延々と流れる黄河《こうが》と、住居の集約化が進む町をながめることができた。

いたる所で古い町が壊され、高層マンションへの移住が進められている。

これは住宅建設への投資による経済効果と、町を根こそぎ地上げすることによる農地や工業用地の確保、そして将来の高齢化社会を見据えたコンパクトシティへの移行という、一石三鳥を狙った政策だと思われる。こうしたことを大胆に推し進められるのが、共産党主導である中国政府の凄《すご》いところである。

過疎化、高齢化に悩む日本の地方都市でも同様の対策が求められるが、政治家や行政は消極的である。土地や町を根こそぎ捨てて、新しく築いた機能的な町へ移れとは、住民感情を考えればなかなか言い出せないからだ。

そのために二〇一四年の総務省の発表によれば八二〇万戸の空き家が生じている。

また国土交通省の発表による一六年の全国の土地の所有者不明率（主に相続放棄地）は二〇・三パーセント、四一〇万ヘクタールに達し、実に九州の面積を上回っている。

この問題を解決するには、地方の中心地域に周辺住民を集めたコンパクトシティを築き、空

上空から見たバダインジャラン砂漠。河西回廊の都市である武威や酒泉の北東に広がっており、面積は4万5000㎢と中国で3番目に大きい

いた土地を企業や地域企業体などの力によって再生するしかないと思われる。

　これは城下町を築いた戦国大名たちがすでに実践していることだから、現代でも充分に実現可能で、食料自給率を上げる有効な方策にもなると思う。

　だが政治家たちは、自分の選挙区における地盤が崩壊するのを恐れて口をつぐんでいるのである。

　やがて飛行機は平野部を過ぎ、黄土高原にさしかかった。中国の北部に広がる広大な山地が、西域の砂漠から吹き寄せてきた黄砂におおわれている。

　中国の面積は約九六〇万平方キロメートルで、日本の二五倍だが、このうち山が三分の一、砂漠が三分の一、平野が三分の一である。

　しかも植林などには使えない黄土高原の山は、居住地にむかないのだから、実質的には人が住める場所は国土の半分近くだろう。

　この厳しい環境で、よくぞ一三億人もの人々が暮らしているものだと、黄砂におおわれた大地を見るたびに思うのである。

ウルムチ地窩堡《ちかほ》国際空港に着いたのは午後八時（日本時間）だが、空は晴れて強い陽射しが照りつけていた。

東京からおよそ四五〇〇キロを一一時間かけて来たことになる。時差は三時間だというので、現地時間は午後五時くらいである。

近代的な建物が建ち並ぶウルムチ市内

空港ではガイドの王剛さんと現地ガイドの馬冬梅《マードンメイ》さんが待っていてくれた。

「先生、またご一緒できて光栄です」

王さんが妙に改まった挨拶《あいさつ》をした。これは相当勉強してきたなという雰囲気がただよっている。

大柄の馬さんは先祖がモンゴル族だそうで、女性ながら何となく元横綱の朝青龍《あさしょうりゅう》を思わせる風貌《ふうぼう》だった。

空港からホテルに直行した。

新疆《しんきょう》ウイグル自治区といえば中国の西の辺境というイメージが強いが、首府のウルムチは人口三〇〇万人を超える大都市である。

町はヨーロッパ風に整備され、ビル街や街路樹も美しい。ホテルも東京の一流ホテルと肩を並べるほどの設備をそなえていたが、驚いたのは出入口の警備の厳しさだ

った。

防弾チョッキを着込んで武器を持った警備員が四人いて、空港のX線検査と同様の装置で体と持ち物のチェックをする。

その厳しさと緊張した空気に触れて、イスラム過激派と反政府勢力を封じ込めようとしている中国政府の姿勢を如実に感じたが、この問題には旅の間ずっと悩まされることになったのだった。

東西交通路の要衝地ハミ

翌朝、ウルムチ駅発の高速鉄道に乗り、タリム盆地の東の入口に位置するハミに向かった。

「この鉄道は蘭州まで一八〇〇キロの距離を走ります。二〇一四年に完成しました」

馬さんが説明してくれた。

新疆ウイグル自治区は日本の面積の四・五倍、人口は二五〇〇万人だという。このうちウイグル族が四五パーセント、漢民族は四一パーセントである。

首府のウルムチは約二六〇〇年前に清朝《しんちょう》によって築かれた町で、モンゴル語で「美しい牧場」という意味である。ベストシーズンは九月で、十月半ばから四月半ばまでは冬だという。

古くから中央アジアとの交易で栄えてきた町で、毎年六月一日から七日まで各国の代表者を招いて商談会が開かれる。

「最近ではウルムチ空港の拡張工事が行なわれています。やがて中央アジアのハブ空港となり、

ヨーロッパへの直行便が飛ぶようになるので、もっと発展するでしょう」

列車は天山《てんざん》山脈の間の谷を抜け、南側のタリム盆地に向かっていく。年間の降雨量が一五ミリ、蒸発量が三〇〇〇ミリという過酷な環境なので、オアシス以外は草も木も育たない。

ゴビタンと呼ばれる小石混じりの荒れ地と岩山が延々とつづいているが、この地を何とか活用しようと、風力発電の風車が無数に立てられている。山の谷間が北から南への風の通り道になっているので、その風力を生かして発電しているのである。

やがて列車はトルファンを過ぎ、一路東へ向かった。この沿線の道が河西回廊から天山南路《てんざんなんろ》につづくシルクロードである。

見渡すかぎり広がるタリム盆地は、北の天山山脈と南の崑崙《こんろん》山脈の間にあって、東のハミから西のカシュガルまで一四〇〇キロにもおよぶ。

その面積は日本の一・五倍で、大半をタクラマカン砂漠が占めている。タクラマカンとは「生きては帰れぬ」という意味だが、それでも人間は盆地の北と南の端をたどって東西の交易に従事してきた。

そうした交易者によって仏教もガンダーラ地方から中国へもたらされ、鳩摩羅什や玄奘三蔵もこの道をたどって求法《ぐほう》と布教の旅をつづけたのである。

「三蔵法師の旅は、敦煌からハミまでが一番苦しいものでした。密出国をしたために政府の保

ウルムチからハミに向かう車窓から延々と見えたのは
ゴビタンと天山山脈だった

護も受けられず、途中で水をこぼしたので、あやうく渇死《かっし》するところでした」

王さんが外の風景をながめながら、勉学の成果の一端を披露した。

その内容は『興福寺本大慈恩寺三蔵法師伝《だいじおんじさんぞうほうしでん》古点の国語学的研究』（築島裕訳、東京大学出版会）に詳しい。

三蔵法師が求法のために長安を出たのは貞観《じょうがん》三（六二九）年八月。二十六歳の時だった。

唐の第二代皇帝太宗《たいそう》の頃で、後の『貞観政要《じょうがんせいよう》』で治世の手本とされた安定と発展の時代だが、涼州《りょうしゅう》（武威《ぶい》）にたどりついた法師の前に、思いがけない困難が待ち受けていた。

太宗から領民の出国を禁じる命令が出されていて、長安に帰るように命じられたのである。法師はこれに背《そむ》いて国を出たために密出国となり、官警に追われる立場になった。

それでも多くの人々の助けを得て瓜州《かしゅう》（酒《しゅ》

泉《せん》）までたどりつき、玉門関《ぎょくもんかん》を通り過ぎて決然としてゴドタンに入った。

行き倒れた人の骨と馬の糞《ふん》のほかには何もない荒涼たる道をひたすら進み、唐が西域防備のために築いた五つの烽《とぶひ》（狼煙《のろし》台）の第一番目にたどりついた。

狼煙台に駐屯《ちゅうとん》する軍人の長である王祥《おうしょう》は、国法を犯して出国することの非と、西域を旅することの無謀《むぼう》を説くが、法師は求法のためなら命を捨てても構わないと決意の固いことを訴えた。

「私はあらゆる困難を覚悟して、仏教の本当の教えを求めてインドに行こうとしています。それが違法と言われるなら、どんな刑罰にでも処してください。私はここから東には一歩も動かず、初志を貫くつもりです」

王祥はこれを聞いて感激し、第四の狼煙台の長に便宜《べんぎ》をはかるように求める紹介状を書いてくれた。

このお陰で第四の狼煙台で歓待され、水を入れた大きな革の袋と馬一頭を施《ほどこ》された。

そうして野馬泉《やばせん》というオアシスに向かうように教えられるが、途中で道に迷ってしまう。

しかも水を飲もうと革の袋を開けたところ、あまりに重かったので取り落としてこぼしたのだった。

第2回　三蔵法師の苦難

イスラム教の王の居住地へ

ウルムチ駅から高速鉄道に乗っておよそ三時間。ハミ駅に着いた。タリム盆地の東の入口で、シルクロードの重要な中継地である。

水を失い道に迷った玄奘三蔵《げんじょうさんぞう》は、命からがらハミの近くの伊吾《いご》（クムル市）にたどり着き、白楊溝《はくようこう》の仏寺で足を休めた。

この地は一時期イスラム教徒（回族）が治めたことがあり、回王《かいおう》王城や一族の墓地も残っている。

列車がハミ駅に着くと、我々はそうした遺跡を訪ねようと勇んで表に出たが、思わぬ困難が待ち受けていた。

駅前には外国人専用の検問所があり、パスポートや荷物をチェックされたばかりか、スマホで顔認証までされた。

係員は防弾チョッキを着込んでいて、室内には軽機関銃まで置いてある。その厳重さにたじろぎながら手続きを待っていると、我々の入市は許可できないと言う。

「ちゃんと旅行許可証も取ってあります。どうして入れないのですか」

大柄で元横綱 朝青龍《あさしょうりゅう》に似た馬冬梅《マードンメイ》さんが、ガイドの面目にかけて抗議した。

それからしばらく係員との押し問答がつづき、許可しない原因は、ネットがつながらずスマホでの顔認証ができないことだと分かった。

「それはそちらの責任でしょう。そのために政府の許可を得た旅行ができないとは、おかしいじゃないですか」

馬さんはそう言って喰い下がっている。その毅然《きぜん》たる態度に係員の表情はだんだん険しくなり、険悪な雰囲気になっていく。

我々は馬さんが公務執行妨害で連行されるのではないかと気を揉《も》んだが、三〇分近い交渉の末に、予定の観光を終えてハミ市を出る時、どこに行ったかを報告するという条件で入市を許可された。

最初に訪ねたのは回王王城である。

王城といっても敷地は狭く、質素な数棟の建物が並んでいるばかりである。一六九〇年代に清国《しんこく》から地位を認められたイスラム教の王の住居で、室内には人形が展示してあった。

三人の侍女《じじょ》が王に進物《しんもつ》を献上している場面である。一人は鹿の角、一人は瓜《うり》、一人は塩味のナンで、いずれもハミ市の特産品である。

回王王城で「鹿の角」（左）「瓜」（中）「塩味のナン」（右）を
献上する侍女と進物を受け取る回王の人形

中でも瓜は昔からハミ瓜の名で知られていて、朝廷への献上品として用いられた。

「しかしハミだけが瓜の名産地ではありません。タリム盆地の各地で作られた瓜がこの地を通って長安《ちょうあん》に送られたので、ハミ瓜の名がついたのです」

馬さんがさっきとは打って変わったやさしい口調で教えてくれた。

乾燥した砂漠性の気候で、昼と夜の温度差が大きいタリム盆地は、内部にたっぷりと水分をたくわえる野菜や果物の栽培に適している。

彼らも過酷な環境で生き延びるために、水分と糖分をたくわえようとするのである。

他には西瓜《すいか》、ブドウ、胡瓜《きゅうり》。タリム盆地は西域とも胡《こ》とも呼ばれ、胡弓《こきゅう》、胡椒《こしょう》、胡麻《ごま》などが日本に伝わっているが、なじみ深い胡瓜も実はここが原産地なのである。

次に回王の一族の墓に行ったが、あいにく改装中で中に入ることはできなかった。

赤レンガで造られた干しブドウを作るための小屋。この小屋には
風を通すための隙間が数多く設けられている

「イスラムの墓は土葬で、メッカに向けて葬《ほうむ》ります。かなり荒れているので、一年がかりで整備しているのです」

墓のまわりには畑があり、まわりにポプラの防風林をめぐらしている。畑に綿《わた》が植えられているのを見ると、馬さんがにわかに快活になった。

「私が育った村でも綿を植えていました。四月中旬に種をまき、七月初めに花が咲き、九月から十月に綿つみをします。その頃には学校が休みになって、子供たちも手伝いにかり出されるのです」

農家の生まれではない子供には辛い労働だったが、みんなでお昼の弁当を食べるのが楽しみだったと、馬さんが少女のような笑みを浮かべた。

タリム盆地では繊維の長い良質の綿がとれるので、有力な換金作物なのである。

私が育った福岡県の八女《やめ》市でも、子供の頃にお茶つみ休みがあった。手間がかかる仕事なので、小学校を休みにして家の手伝いをさせたのである。

一日中座って茶をつむきつい仕事だが、大人たちと混じって仕事をすることに誇りと喜びを感じたものだ。

馬さんと同じで、お昼の弁当が楽しみだった。

特別においしいと感じたのは、働いておなかが空いていたからだろうか。それとも家の役に立っているという充実感のせいだったろうか。

検問所で拘束の危機に遭遇する⁉

次に白楊溝仏寺遺跡に向かった。

ハミ市から北東へ八〇キロほど走った所に、唐代に栄えた大規模な仏寺遺跡が残っている。

「寺院が栄えたのは、七世紀から九世紀にかけてのことです。三蔵法師がウイグルに入って初めて立ち寄った所です」

王剛《ワンガン》さんが移動のひと時を利用して説明してくれた。

「仏教は紀元零年前後にガンダーラからタリム盆地に伝えられ、十世紀頃まで栄えました。ところがそれ以後イスラム教が入ってきて、十世紀から十三世紀まで仏教とのせめぎ合いの時代がつづきます。そして十三世紀から十五世紀になると、イスラム教が勝利して大きな勢力を占めるようになったのです」

ハミ市が回王に治められるようになったのもそのためだという。

「しかし、どうして仏教は負けたのでしょうか」

仏教の徒であるT君が鋭い質問をした。

二人は仲のいい論敵同士なのである。

「それはいくつもの理由がありますが、一番大きな原因はイスラム教のほうがお金がかからなかったことではないかと思います」

仏教は大きな寺院を建て、住民に布施《ふせ》を強要していた。ところがイスラム教ではそんなことがなかったし、入信した者たちの生活を守るシステムを作り上げていたという。

T君は反論したそうだったが、車はちょうど本日二度目の検問所にさしかかった。しかもこの先は工事中なので、高速道路のほうに迂回《うかい》せよという。

馬さんも王さんも首をかしげていたが、やむなく指示に従って大きく迂回することにした。道の両側にはブドウ畑が広がり、やさしい薄緑におおわれている。所々畑の中に赤レンガの小屋があるのは、干しブドウを作るためのものである。

タリム盆地で栽培されたブドウの多くは、年間降雨量一五ミリ、蒸発量三〇〇〇ミリという環境を活《い》かして干しブドウにされるのである。

車は高速道路を北に向かって快走した。

「ウルムチから北京《ペキン》まで三〇〇〇キロ、上海《シャンハイ》まで四〇〇〇キロ。この高速道路が走っています」

馬さんの説明を聞いているうちに、車は第三の検問所で止められた。商業用のマイクロバスなので、通過するには運転手の登録が必要だという。

トルファン北駅から高昌故城に向かう車中から見えた火焔山

幸い何事もなく通してもらい、ほっとしたのもつかの間、後ろから旧式バイクに乗った警官が追いかけてきて、さっきの検問所まで戻れという。何のことだと戸惑いながら車を返すと、今日は白楊溝仏寺遺跡には行けないとのことだった。そこで馬さんと王さんが交渉を始め、我々は延々《えんえん》と待たされることになった。

車内はクーラーが効いているが、外は四〇度Cを超える猛暑である。正午はとうに過ぎているので、ハミ名物の塩ナンを食べて空腹をいやすことにした。

仕事熱心なT君は、この時間がもったいないと思ったのだろう。表に出てあたりの景色をカメラに収めはじめた。

すると検問所から大柄の警官が鋭い形相で歩み寄り、中国語で何やらまくしたてた。

しかし、T君はあわてない。

「王さん、何か言ってますけど」

高昌故城の入口に建てられている三蔵法師像を見つめる著者。この像からも正法を求める三蔵法師の志が伝わってくるようだ

子供に道をたずねられでもしたようなのんびりした調子で、王さんに通訳を求めた。

ウイグルでは警察の設備を撮影することは禁じられている。テロの標的にされることを警戒してのことだ。

Ｔ君もそれを承知していてブドウ畑だけを撮っていたが、警官はそれを不審に思い、撮影したメモリーを見せろと迫っていたのである。

「何か言ってますけど」

どころの騒ぎではない。場合によっては拘束されかねない危機に直面していたのである。

結局、我々は通過を許可してもらえなかった。理由は遺跡を管理している人が留守だからという信じ難いものだった。

車はそのままハミ駅に引き返すことになった。検問所に翻弄《ほんろう》され、一日を浪費したのである。

私は「新疆《しんきょう》ウイグル自治区では一〇〇万人のウイグル人が拘束されている」という日本の新聞記

事を思い出した。

国内にいる時には、まさかそんなと半信半疑だったが、心の針はだいぶん〝信〟のほうへ傾いていた。

「残念ですが、三蔵法師の苦難にくらべたら、何てことはないと思うことにしましょう」

王さんにも楽天的なところがある。それはT君のように世の中に対する漠然とした信頼があるからではなく、国家権力などは所詮《しょせん》理不尽なものだという深い諦念《ていねん》から生まれたもののようだった。

正法を求めた三蔵法師の誓い

三蔵法師が直面した苦難については、前にも触れた『大慈恩寺三蔵法師伝』（築島裕訳）に詳しく記されている。

法師は道に迷ったうえに、水の入った革の袋を開けたところ、あまりに重かったので取り落としてこぼしてしまった。

そこで第四の狼煙《のろし》台まで引き返そうとするが、途中で「自分は天竺《てんじく》に着くまでは、東には一歩も足を向けない」と誓ったことを思い出し、再び西へ向かって歩き出す。

人も鳥も絶えた砂漠の道を歩いていると、夜には妖怪たちがかかげる火が星のように現われ、昼には強風が砂を吹き飛ばして雨のように打ちつけた。

しかも五日の間一滴の水も飲むことができなかったので、ついに砂の上に倒れ伏した。そうして最後の力をふり絞って観音菩薩《かんのんぼさつ》を念じ、「私がこの旅に出たのは、財利や名誉を求めてのことではありません。無上の正法を学ぶためです。その心を哀れと思し召して、どうかお助けください」と祈った。

すると五日目の夜半に涼風が吹き、元気を取りもどした法師は立ち上がって西へ向かった。その途中、馬が勝手に道をそれて歩き出した。これを制止できないまま馬の進むに任せていると、美しい水をたたえた池があった。

（これこそ観音菩薩のご加護にちがいない）

勇気百倍する思いで水を飲み、翌日には元気を取りもどして伊吾の白楊溝仏寺に着くことができた。

寺にいた漢人の老僧は、「生きて再び故郷の人に会うことができるとは思わなかった」と言って法師を抱き締め、号泣したという——。

我々はその寺を訪ねることができないまま、ハミ駅へと引き返した。駅に着く直前にこの日四度目の検問があった。

防弾チョッキを着て軽機関銃を持った警官が監視に当たっている。私は検査が終わるまで車の外に出て様子をながめた。

写真は駄目でも、ながめるだけなら罪にはなるまい。シャッターを切らずとも、人間は記憶という有難い機能を備えている。

高昌故城の外城西壁。この壁は高昌故城の四方を5.4㎞にわたって
囲っており、西側の壁の長さはおよそ1.4㎞で二つの門がある

そんな思いで警察の庁舎を見ていると、郵便受けくらいの小さな箱が外壁にかけてあった。

箱の表には「掃黒除悪挙報箱」と記されている。黒とは反社会的な組織や集団のことで、ウイグルにもマフィアのような組織があるという。それだけではなく反政府勢力やテロリストなどを見つけたら、この箱に情報を入れて知らせよというのだ。

要するに密告箱で、挙報した人には何がしかの褒賞《ほうしょう》が与えられるのだろう。警察がこれに従って次々と市民を拘束したなら、日本の新聞が報じたように一〇〇万人にのぼることもあるかもしれない。

一方中国政府は、トルコで訓練されたテロリストがウイグル自治区に侵入し、社会の混乱をあおろうとしていると主張している。

テロリストたちはウイグル人の反政府感情をかき立て、中国からの独立をはたそうとしているが、

それはウイグル自治区の地下に眠る石油や鉄鉱石などの資源をねらった、西側諸国の陰謀だととらえているのである。

ハミ駅で検問所に立ち寄り、出市の許可を得てから、高速鉄道でトルファン駅に向かった。まるでフランツ・カフカの『城』という小説の中に迷い込んだような体験である。この作品は迫り来るドイツのナチズムを予見した作品だと評されているが、我々は幸か不幸かそれに似

東南小寺。中央は仏舎利を納めた仏塔で高さは6.5m。
その裏側には仏壇が設けられた窟がある

外城の南西にある西南大佛寺。遺跡の形は長方形で
東西130m、南北80mの規模を誇る

西南大佛寺の本殿。長方形の遺跡の窪みのところに
大仏像があったが、今その姿を見ることはできない

た理不尽な世界を旅することができたのだった。

三蔵法師も訪れた高昌故城へ

取材三日目、トルファン市のホテルを出て高昌故城《こうしょうこじょう》へ向かった。

道の両側には白楊《ポプラ》や楡《にれ》の並木がつづき、紅柳《ホンリユウ》（中国産のタマリクス）が紫色の小さな花をつけている。

桑畑やブドウ畑、西瓜やメロンも栽培されていて、砂漠にいるという感じはまったくしない。それはトルファン市が天山《てんざん》山脈の雪解け水が湧き出す広大なオアシスだからである。

我々はオアシスと言えば旅人や馬やラクダが水を求めて集まる池のような風景を想像しがちだが、タリム盆地のオアシスは五〇キロから一〇〇キロほどの幅を持つ湧水地で、数十万人が暮らせる規模である。

この大事な雪解け水は、山にしみ込み地下水となって湧き出すだけではない。地表に出て蒸発しないように、カレーズ（イランなどではカナート）と呼ぶ地下水路によって、山から町まで配水している。

二〇〇〇年前のペルシャ帝国の頃からこうした設備を造る技術を持っていたことと、山や砂漠の下にこうした地下水路を築いた忍耐力には驚嘆《きょうたん》するしかない。

車はオアシスを抜け、その何十倍も広い砂漠の道を走っていく。これがシルクロードのひと

つである天山南路だが、まわりに広がるのは砂の砂漠ではなく、ゴビタンと呼ばれる砂利の平原である。

だから通行にはラクダではなく馬を用いた。我々が童謡「月の沙漠」などでイメージしているラクダの道は、崑崙《こんろん》山脈の北側を通る西域南路なのである。

やがて砂漠の向こうに火焰山《かえんざん》（一四八頁）が見えてきた。鉄分を多く含む岩山なので、表面が赤く見える。赤い山肌に凹凸があって炎が燃え上がっているように見えるので火焰山。この地トルファンは火州と呼ばれている。

高さ五〇〇メートルほどの尾根が一〇〇キロほどつづいているが、その背後には万年雪をいただいた天山山脈がそびえている。

真夏の気温は五三度Cを記録し、砂は八〇度Cもの高温になるというから恐ろしい。そんな地上から万年雪をながめたら、いったいどんな想念が生まれるのだろう。

ここならどんな妖怪変化が住んでいても不思議ではない。そんな想いが『西遊記』という波《は》瀾《らん》万丈《ばんじょう》の物語を生んだのかもしれない。

やがて高昌故城（一四九頁）に着いた。

五世紀から七世紀なかばに栄えた高昌国の城である。国を創設した麴嘉《きくか》（在位四九八～五二一）は蘭州《らんしゅう》出身の漢人だったので、中国風の王朝をきずいたが、住民の大半はイラン系だったという。

城の周囲は五・四キロもあり、日干しレンガを積んだ高さ一一メートルもの城壁に囲まれていた。面積は二〇〇万平方メートルで、二万七〇〇〇人もの人々が住む城塞《じょうさい》都市だった。

西南大佛寺本殿の大仏像があった場所の左壁の仏龕(ぶつがん)。仏龕は主に仏像を安置した小部屋だが、右壁、後壁にも造られている

そのうち僧侶は三〇〇〇人だったという。

今は砂漠の中に朽ち果てた姿をさらしているが、当時は緑に包まれたオアシスの中にあり、国際色豊かな街が広がっていたはずである。

城の入口には三蔵法師の大きなブロンズ像が建っていた。右手に錫杖《しゃくじょう》を持ち、左手で祈りの形を取りながら、風に僧衣をなびかせて大股で力強く歩いている。

城内は外城、内城、宮城に分けられていて、ガンダーラ風の塔が立つ東南小寺（一五三頁）、三蔵法師が説法をした西南大佛寺（同前）などの遺跡が残っている。

なにしろ一キロ四方を超える広さなので、観光用のカートで回ることにした。崩れかけた日干しレンガの城壁や建物が一面の砂漠の中に残る景色は、荒涼たるという表現が似つかわしいが、私は腹の底から感動していた。

これほど悠久《ゆうきゅう》の時の流れを感じさせてくれる遺跡は滅多《めった》にない。廃墟《はいきょ》にもかかわらず、当時の街のにぎわいや人々の表情がはっきりと浮かんでくる。

どことなくギリシャやローマの遺跡に似ているのは、交易によってつながっていたからだろう。

仏龕にはかつて仏像が安置されていた
痕跡である頭部の跡が残っている

T君も思いは同じらしく、

「凄《すご》いですね。素晴らしいですね」

いつものようにシンプルな感動の声を上げながら、写真を撮りまくっていた。

西南大佛寺の円形の本堂に入ると、三蔵法師が説法した時の様子が目に見えるようだった。

実は高昌国に立ち寄るのは法師の本意ではなかった。ところが伊吾に法師が来ていると知った国王の麴文泰《きくぶんたい》（在位六二四〜六四〇）が、使者をつかわしてどうしても立ち寄ってくれと懇願《こんがん》した。

法師は伊吾から天山北路《ほくろ》（山脈の北側の草原の道）を抜けてインドに向かいたいと思っていたので、トルファンに立ち寄れば遠回りになる。

何としても断わりたかったが、国王の意に背けば使者を取り次いだ伊吾の王に迷惑をかける。

ああ、浮世の義理、世俗のしがらみ。

法師はやむなく十数日も王からの迎えを待ち、六日かかって高昌国の境にある白力城にたどり着いた。

日はすでに暮れていたので、法師はこの城に泊まりたいと思ったが、迎えの者は王城は近いのですぐに出発しようと言い、夜通し旅をつづけることになったのだった。

第3回　ベゼクリク千仏洞

巨大な国家に囲まれた高昌国

我々は高昌故城《こうしょうこじょう》に立っている。

日干しレンガで作った城壁や仏塔が朽《く》ちかけたまま廃墟《はいきょ》となっているが、かつては緑豊かなオアシスの中にあり、シルクロードを渡る隊商たちでにぎわっていた。

夏は外気温は四〇度Cを超えるが、乾燥した気候なので木陰は涼しい。緑におおわれた城内から見る炎の火焰山《かえんざん》や、万年雪におおわれた天山《てんざん》山脈は絶景だったことだろう。

砂漠の宝石ともいうべき場所だが、経済的に豊かで自然に恵まれているだけに、外敵の攻撃から国を守り抜くのは容易ではなかった。高さ一一メートル、基底部の幅一二メートルの頑丈な城壁が、迫り来る危険の大きさを今に伝えている。

高昌国やタリム盆地の北方には、モンゴル系遊牧民の国柔然《じゅうぜん》、トルコ（テュルク）系遊牧民の国高車《こうしゃ》が勢力を張っていた。

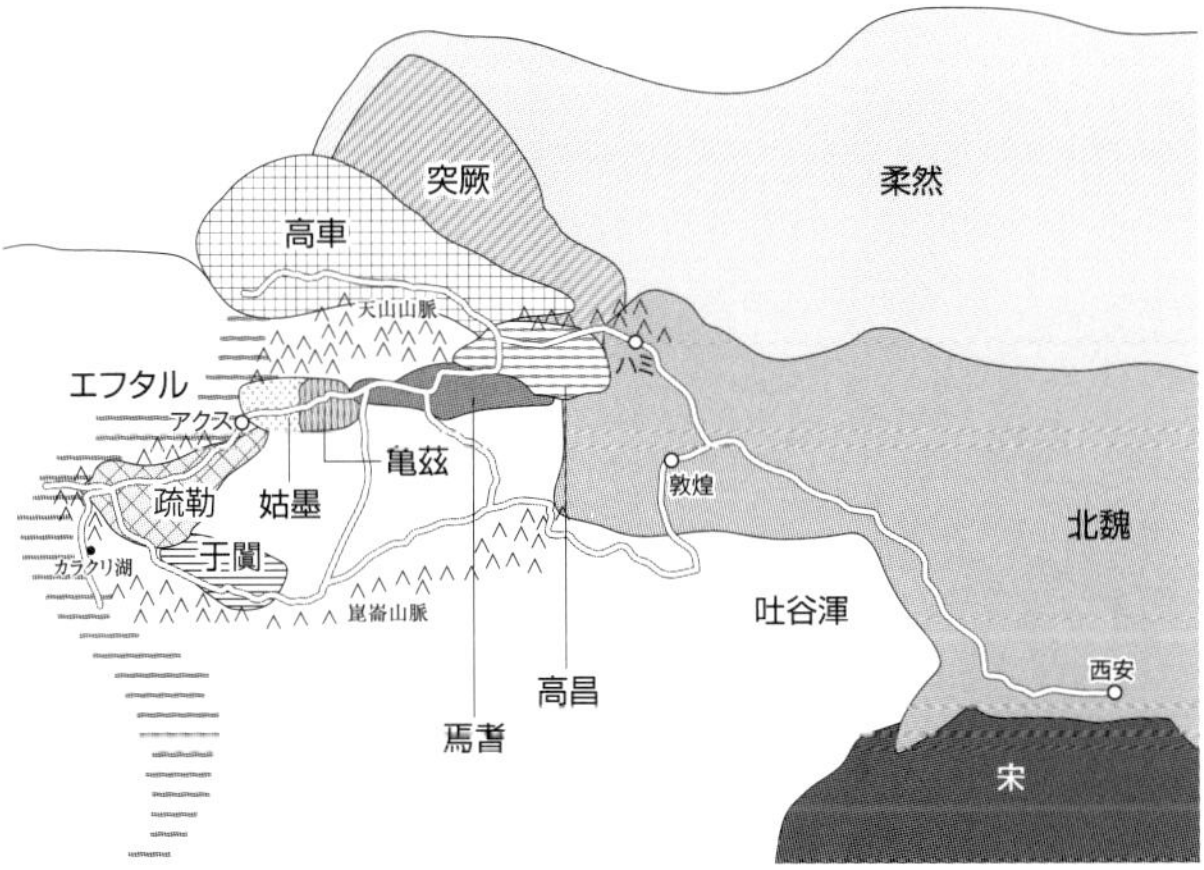

5世紀後半における西域の勢力図

東の伊吾《いご》やハミまでは北魏《ほくぎ》が、西のアクスまではイラン系遊牧民の国エフタルが勢力を伸ばし、南の青海《せいかい》には吐谷渾《とよくこん》という鮮卑族（モンゴル系）の国家があった。

こうした強大な国家に四方を囲まれた高昌国がどのように生きのびたか、あらましを紹介したい。

それが玄奘三蔵《げんじょうさんぞう》を歓待した高昌国王麴文泰《きくぶんたい》の運命や、この後に訪ねるベゼクリク千仏洞《せんぶつどう》の成り立ちを考える上でも参考になると思うからである。

西暦四六〇年、北魏の影響下にあった高昌郡が柔然に併合され、闞伯周《かんはくしゅう》が国王になって高昌国が成立した。

ところが四八一年に高車の軍勢が乱入。伯周の息子の首帰《しゅき》を殺し、敦煌人《とんこうじん》の張孟明《ちょうもうめい》を国王に擁立した。

四九六年頃、孟明が殺されて馬儒《ばじゅ》が王となる

高昌故城の外城西壁の後ろには火焔山が、さらに天山山脈がそびえている。
高昌国の人々はこの絶景を目にしながら暮らしていたのだろう

と、北魏の支援を得て国の安全をはかろうとした。しかも国ごと北魏に近い地方に移ろうとしたために、高昌人の反発を買って殺され、麴氏初代の麴嘉《きくか》が王となった。四九八年頃のことである。

麴嘉は初め柔然に従い、北魏に対抗する政策をとった。また西隣の焉耆《えんき》国（阿耆尼《あぎに》国）がエフタルから独立するために麴嘉に国王になってほしいと要請してきたので、次男を派遣して焉耆王とした。

五〇八年になると麴嘉は方針を転換し、北魏と接近して高昌王に任じられた。この決断が功を奏し、七代麴乾《きくげん》固《ご》の頃まで国は安定を保った。

ところが八代麴伯雅《きくはくが》の頃になると北魏が亡《ほろ》んで隋《ずい》が中国を統一した。そこで伯雅は隋に従うことにしたが、煬《よう》帝《だい》の第二次高句麗《こうくり》遠征への出陣を求められ、多大な犠牲を強《し》いられたうえに敗退した。

この伯雅の後を継いで六二三年に国王となったのが麴文泰である。六三〇年、文泰は隋を亡ぼして建国した唐《とう》に朝貢《ちょうこう》して臣下の礼を取ったが、それから一〇年後には

西突厥《にしとっけつ》と同盟して反唐の兵を挙げる。

文泰は唐軍が攻めて来ると聞いて、「唐国はここから七〇〇〇里（約三五〇〇キロ）、砂漠で二〇〇〇里を隔てており、地に水草はなく、冬の風は凍えるように寒く、夏の風は焼けるように暑い」ので、とてもたどり着くことはできないと豪語したという。

おそらく高句麗遠征で大敗した煬帝のことが頭にあったのだろうが、唐の大軍は到着し、文泰はなす術《すべ》もなく命を落とした。

そのため一八〇年間つづいた高昌国も滅亡し、唐の支配下に組み入れられた。次に高昌国が独立的地位を確立するのは、唐が弱体化した九世紀半ば。

モンゴル高原を支配していた回鶻《かいこつ》（ウイグル）が崩壊し、タリム盆地に移住してきた一派が回鶻高昌を建国したことによる。

このように人種も国家もめまぐるしく移り変わるのは、タリム盆地やその周辺に住む人々が遊牧や通商の民だからである。

島国で農耕中心の日本ではなかなか想像できないが、強敵に攻められたら西や東へ逃げ散り、勢力を回復したなら故地を奪回するという生き方をした人々が、ユーラシア大陸には広く分布していた。

これが東西文化の交流や、新しい文化の創造にもつながり、日本にも有形無形の影響を与えたのである。

ベゼクリク千仏洞の入口付近からの眺め

タリム盆地と「地涌の菩薩」

このような視点から見ると、三蔵法師の求法《ぐほう》の旅の困難さがよりいっそう重く感じられる。

灼熱《しゃくねつ》の砂漠や過酷な自然環境ばかりでなく、いつ、どこで、誰に襲われるか分からないからだ。

敦煌の莫高窟《ばっこうくつ》の壁画には、旅の途中で盗賊や猛獣などに襲われ、菩薩《ぼさつ》を信仰した功徳《くどく》によって救われるという主題の絵がたくさんあるが、それはこの地方を旅する人々の切実な願いだったのである。

「『法華経《ほけきょう》』の説話にも、砂漠地帯だからこそ生まれたと思われるものがあるよね」

私は同行のT君に話を向けた。

「えっ、何がですか」

T君はカメラのファインダーをのぞくのに夢中である。

「『法華経』の中に蜃気楼《しんきろう》が出てくる話があった

ベゼクリク千仏洞の石窟が左側に並び、奥には天山山脈がそびえ立つ。
この景観にどれほどの多くの人々が感嘆したことだろう

だろう」

『化城《けじょう》宝処《ほうしょ》の譬《たと》え』ですか」

「そうそう。宝物のある所へ行こうとしていた人々が途中で疲れきってしまった。そこで聡明な指導者は人々を哀れみ、神通力によってひとつの都市（化城）を作り出した。人々はその都市で休息し、これが目ざす宝処だと思い込んだ。そこで指導者は化城を消し、目的地はもっと先だと皆を励ましたという話だったと思うけど」

「そうです。化城とは『法華経』より前に説かれた涅槃《ねはん》（成仏）のこと、宝処とは『法華経』が説く真実の涅槃のことです」

T君は私の仏法の師で、何事にも厳格である。

「そうだろうけど、日常的に蜃気楼を見ている人々を説得しようとしたから、こんな説話が生まれたんじゃないかね。つまり『法華経』が成立した背景には、タリム盆地を中心とした砂漠地帯があったということだよ」

「そうでしょうかね」

そんな簡単な問題ではないと、T君はいささか慎重になっていた。

『地涌《じゆ》の菩薩』だってそうじゃないか。釈尊《しやくそん》と多宝如来《たほうによらい》が虚空会《こくうえ》で法を説いた時、地中から無数の菩薩が湧き出し、天に向かって昇っていくだろう」

「あれは菩薩たちが、二仏の教えによって時間も空間も超えた世界に入っていくということです。現実の地面ではありません」

「それは分かるけど、発想の源《みなもと》のことを言ってるんだよ。日本人だったら、仏は海から湧き上がってくるか山の向こうに姿を現わすと発想するだろう。地から湧き上がってくるとは思わないよ」

「確かに、それはそうかもしれませんね」

「この広大なタリム盆地だからこそ、地から菩薩が湧出《ゆうしゆつ》しても納得できるんじゃないかね」

日本とほぼ同じ面積のタリム盆地、その大半はゴビタンか砂漠である。天山南路を通っていても、南の方には延々と地平線がつづいている。月や星の明かりに照らされた地面は、大海原のように感じられるのではないだろうか。

それにこの地では、天に湧き昇っていくものが身近にある。年間蒸発量三〇〇〇ミリと言われる水である。

天山山脈や崑崙《こんろん》山脈に積もった雪が地下水となって地中から湧き出し、生活の用をはたした後で天に立ち昇っていく。

そうした天と地の循環《じゆんかん》に身近に接している人々にとって、地涌の菩薩の発想はきわめて納得

しやすいと思うのである。

さて、玄奘三蔵のことである。

麴文泰の招きに応じた三蔵法師は、明け方鶏鳴《けいゆい》の時に高昌故城に着いた。文泰の喜びようはひと通りではなく、妻子とともに一睡もせずに待っていた。そうして歓待した揚句、インドに行かずにここに留まってくれと懇願した。

ところが三蔵法師の決意は固く、どのような好条件を示されようと求法の旅を諦《あきら》めようとはしなかった。

すると文泰は顔色を変え声を荒らげ、

「私はあなたを行かせることも留めることも、はたまた国に送り返すこともできるのです。このことを思って、どうか私の言うことに従ってください」

権力者の素顔を見せてそう迫った。

三蔵法師はそれでも説得に応じず、食を断ち水を断って決意の固いことを示した。

そうして四日目になり、法師が衰弱するのを目の当たりにした文泰は、ついに折れて行くことを許した。

出発にあたっては法服三〇、黄金一〇〇両、銀銭三万、綾《あや》や絹など五〇〇匹《ぴき》（反）を贈り、法師の往還二〇年の費用に当てるようにした。

それを運ぶために馬三〇頭、従者二五人をつけ、帰国の時には必ず高昌国に三カ年とどまり、教えを説いてほしいと頼んだ。

第20窟。「本行経変」（誓願図）。左下の合掌する二人の男のいずれかが「頭（かしら）」であり、釈尊の前世と思われる

法師の出発の様子を『大慈恩寺三蔵法師伝』（築島裕訳）は次のように記している。

〈発する日、王と諸僧、大臣、百姓ら、都を傾《かたぶ》けて城の西に送り出す。王、法師を抱いて慟哭《どうこく》す。道俗みな悲しむ。傷離の声、郊邑《こうゆう》に振動す〉

こうして法師は高昌国を出て焉耆国に向かった。

ところが高昌国はそれから一一年後に滅亡し、法師の帰りを待つことはできなかったのだ。

ベゼクリク千仏洞が荒廃した理由

我々も城を離れ、一〇キロほど北にあるベゼクリク千仏洞（一六二～一六三頁）に向かった。ちょうど火焰山の裏側にあたり、ムルトゥク川の西岸に位置している。背後に砂山があり、砂岩の崖《がけ》に石窟が掘られた様子は、敦煌の莫高窟によく似ている。

河原には緑豊かな森が広がっているので、修行僧や石窟を造る職人たちの生活の場としても利用されていたことだろう。

この千仏洞の特長は、前期は麴氏高昌国によって五世紀頃から造営され、九世紀中頃には回鶻高昌国を開いたウイグル人によって引き継がれたことだ。

十五世紀にはイスラム化していくウイグル人も、高昌国を開いて五〇〇年ほどは仏教に帰依《きえ》し、漢人と同じように石窟を造営していたのである。

「回鶻高昌王供養像」(10世紀頃)。赤色の散華模様が美しい錦の長袍(チャンパオ)を着ている

崖の中腹にある通路を歩いて石窟に行くと、みやげ物や本を売っている青年がいた。その隣では老人が座り込み、ラワープという七弦の楽器を奏でながら歌を唄《うた》っていた。イスラム教の祈りの声のような高い旋律の歌で、どこか哀愁に満ちている。チップを払えばリクエスト曲を唄ってくれるのだろうが、時間が押していてその余裕がないのが残念だった。

最初に第一七窟に入った。

かまぼこ形の小さな窟で、正面に大仏を

安置し、天井に壁画を描いているが、見る影もないほど荒廃していた。

「ここには五〇近い石窟があるのですがその大半は壊されています」

王剛《ワンガン》さんが、残念そうに説明してくれた。

「その理由は三つあります。ひとつはイスラム教徒によって壊されたこと、ひとつは二十世紀初めに外国の探検隊によってはぎ取られ、持ち出されたこと、そしてもうひとつは中国の文化大革命の頃に壊されたことです」

外国の探検隊とはドイツのル・コックやイギリスのスタイン、ロシアのオルデンブルク、日本の大谷探検隊などである。

第二〇窟に入ると、その爪跡《つめあと》がまざまざと残っていた。ほとんどの壁画がはぎ取られ、無残な土壁となっていたのである。

「これはドイツの探検隊の仕業です。中でも有名なのは『本行経変《ほんぎょうきょうへん》』（一六六頁）と『回鶻高昌《かいこつこうしょう》王供養像《おうくようぞう》』（一六七頁）、『大悲変相《だいひへんそう》』などです。これらはベルリン博物館に展示してありましたが、第二次世界大戦でベルリンが陥落した時に焼けてしまいました」

いずれも十世紀の初め、回鶻高昌国の人々によって描かれたものだ。

イスラム教徒の破壊をまぬかれ、砂山と化した千仏洞に眠っていた絵画が、二十世紀の初めにドイツ人によってはぎ取られ、第二次大戦の戦火の中で燃え尽きた。

その数奇な運命を思えば言葉もないが、幸いなことにベルリン博物館のコレクションが写真として残されていた。

その写真を収めた図録を入手し、トルファン博物館館長のご好意によって公開することが許可されたので、二点だけ紹介させていただきたい。

釈尊の前生を描いた「誓願画」

「回鶻高昌王供養像」は、漢人に代って高昌国の土となったウイグル人の王の姿を描いたものだ。冠をつけ赤色の散華模様の長袍《チャンパオ》を着て、帯のベルトには刀、巾着《きんちゃく》、砥石《といし》などを下げている。手に供養の花を持ち、髪は三つ編みに細かく分けて後ろに垂らしているようだ。立派な髭《ひげ》をたくわえて一番右に立っているのが王様で、左の二人は兄弟か重臣なのだろう。

こうした絵は、小説を書く時に何より有難い。時間を跳び超えてその時代の息吹《いぶき》を伝えてくれるタイムカプセルのようなものだ。

「本行経変」も赤と緑と黄色と黒の彩色が鮮やかで、仏がまとう袈裟《けさ》の衣文《えもん》の流線の表現が見事である。

赤色を多用するのは、この地方に産出する鉄分の多い赤土を用いているからだろう。緑色はウラル地方で産出する孔雀《くじゃく》石を使っているのではないだろうか。

こうした絵を誓願画と呼ぶが、その内容については村上真完《しんかん》氏の労作『西域の仏教——ベゼクリク誓願画考』（第三文明社）を参考に紹介させていただきたい。

この絵の上のほうに記された銘文は、「私はアンギラス（仏）が川の岸に来られたのを見て、隊

商の頭《かしら》であった私によって、牟尼《むに》（仏）は川を舟によって渡らせられた」という意味だという。絵はその時の状況を描いたものだ。中央の大きな仏は小さな船の上に立っていて、青海波《せいがいは》のような波の文様が川であることを示している。

船と川があまりに小さいのでそうとは気付かないほどだが、仏は右の岸から左の岸へと渡り、左に描かれた髭の濃い三人の男たちに迎えられている。

一番下の笠をかぶった男は、両手でパンのような食物を盛った盆をささげて座っている。その上で立派な風貌《ふうぼう》の二人の男が合掌《がっしょう》しているが、これが「隊商の頭であった私」とその縁者だろう。右側には荷を負ったラクダとロバが描かれて隊商であることを示しているし、その上には二人の男が描かれている。合掌して画面の右側を見ているマスクをつけたような男は、隊商の警固隊長ではないだろうか。

その上には九つの巾着を載せた盆をささげた男が描かれているが、これは左側のパンのような食物をささげた男と同様に仏への供物を差し出しているのだろう。

興味深いのは三人が髪を三つ編みにし、腰にベルトを巻いたウイグル人らしい装束をしているのに、頭とその縁者らしい二人はちがった様子をしていることだ。

村上氏のご研究によれば、これは『撰集百縁経《せんじゆうひやくえんぎよう》』などに説かれた「川を渡ろうとする仏を舟によって渡した船頭（釈尊の前生《ぜんしよう》）の物語」だという。

隊商の頭は仏を信じて仏と僧を供養し、仏を船によって渡す。そして仏の説法を聞いて菩提心（仏の最高の覚りを求め、仏道修業を貫くことを誓う心）を発する。仏は頭に記《き》（受記、予言）を

第33窟。釈迦涅槃図

授け、「汝、来世に於いてまさに仏となるを得べし。釈迦牟尼と号す。広く衆生を度し、限量すべからず」と言われた。その頭は今の釈尊自身である、というのである。

インドでは輪廻《りんね》転生《てんしょう》の思想が確固として信じられていた。その影響を受けた初期の仏教では、釈迦が悟りを開くことができたのも前世の因縁によるという考え方が一般的だった。

そこで釈迦が成仏できたのは、前世において過去の仏に供養するか、その仏のもとで出家学道して成仏の誓願を発し、その仏によって未来に成仏するという予言（受記）を得たからだと解釈するようになった。

第二〇窟の「本行経変」にはそうした主題が描かれ、十世紀頃のトルファンでは仏の前生話を重んじる小乗仏教（上座部仏教）が盛んだったことを今に伝えてくれるのである。

次に第三三窟（本頁）を訪ねた。ここの主題は

釈迦涅槃図だが、大部分ははぎ取って持ち去られ、残っているのは入滅した釈迦を見守る弟子たちの姿を描いた部分だけである。

画面の左側には天龍八部衆《てんりゅうはちぶしゅう》が描かれている。八部衆とは古代インドの鬼神、戦闘神、音楽神、動物神などが仏教に帰依し、護法善神となったものである。

この絵にはまだインドの神々だった頃の面影が残っていて、地理的にも時代的にも近かったことを思わせる。

画面の右側にはインド諸国の王子が来て哀悼する姿が描かれ、各地の民族の異なった装束や風貌が描き分けられている。

「この時、インドの八大部族の王子が来て、お釈迦さまの遺骨をめぐって争いになったそうです。そこで分骨することで話し合いがつき、各地に仏舎利塔《ぶっしゃりとう》が建てられることになりました」

王さんがそう説明してくれた。

ちなみに新疆人民出版社版の『吐魯番《トルファン》柏孜克里克《ベゼクリク》石窟壁画艺术』によれば、第三三窟には楽人図も描かれていた。篳篥《ひちりき》や横笛、太鼓、琵琶《びわ》などを奏でる楽人の姿を生き生きと描いたものだ。ところが大谷探検隊によって持ち去られ、今は東京国立博物館東洋館に「壁画衆人奏楽図」と題して保管されている。

サイズは縦横ともに一〇六・五センチで、「大谷探検隊が将来した西域壁画断片中、最も大きなもので、緑や赤の彩色が印象的な画面である」との説明がなされている。公開されるのを待って、ぜひ拝見したいものである。

第4回　交河故城

昼食はウイグル族のブドウ農家で

食事は旅の楽しみのひとつである。

誰とどんな旅をしたかを、食事の味や匂いとともに鮮やかに思い出すことがある。それは人間のもっとも根源的な要求に結びついているからだろう。

食文化を理解することは、その国や地域を理解する第一歩でもある。いつも何を食べているかを知るだけで、そこで暮らす人々の生活の背景が見えてくる。

編集者のT君は、そうした配慮までしてくれたようだ。この日の昼食はウイグル族のブドウ農家で食べることにしていた。

「どんな料理が出るか分かりませんが、大丈夫ですよね」

自信なさそうに気遣ってくれたが、心配ご無用である。

私は取材先で地元の人が勧めてくれるものは必ず食べることにしている。ヘビの丸焼き、カ

昼食をいただいたトルファンのブドウ農家。右側が
食事をとった小上がり、上はブドウ棚

エルの串焼き、何でもござれである。

彼らはご馳走だと思って勧めてくれるのであり、断わればその厚意を無にすることになりかねない。

むしろどんな驚きの料理が出てくるかと、楽しみにしているほどだった。

案内されたのはブドウ棚の下の食卓だった。片側に民家があり、屋根を支えにしてブドウ棚が組んである。棚の下はかなり広く、縦長の小上がりに五つばかりテーブルが置いてある。民家というより、食堂のような雰囲気だった。

いささか拍子抜けの感はいなめなかったが、ブドウ棚の下の快適さには驚いた。

ブドウの蔓《つる》が巻いているだけの普通の棚で、薄日も射し込んでいるのだが、びっくりするほど涼しいのである。

外気温は四〇度C近かったが、少しも暑さを感じないし、吹き抜けていく風が心地いい。

料理のメニューは、麺とインゲン豆の炒《いた》め物、ブドウ入りチャーハン、水《すい》ぎょうざ、そしてシシカバブである。

炒め物とチャーハンはピリッとスパイスがきいていて、水ぎょうざは指でつまんで丸めた形の小さなもので、ウイグル餃子と呼ばれている。

驚いたのはシシカバブの旨さである。敦煌《とんこう》の町で食べた時は、肉が干からびているうえに焼き過ぎていて、「修業が足りんな」と思ったものだ。

ところが、ここの民家のものは肉がふんわりと柔らかく、肉汁がしみ出していて、塩の味付けも良かった。噛《か》むたびに羊の滋養《じよう》が口の中に広がり、申し分のない味だった。

しかもビールまであった。イスラム教徒は酒を飲まないが、観光客のために「WUSU」というビールを置いていたのである。

何という幸せ。これぞオアシスと思いながら堪能《たんのう》していると、王剛《ワンガン》さんが解説してくれた。

「この羊は特別の餌《えさ》で育てたものです。それに天山《てんざん》山脈の伏流水を飲んで育っているので、肉が柔らかく臭みがないのです」

著者がその美味しさに唸った「シシカバブ」

4種の干しぶどう。左から「クリスマスローズ」「緑の真珠」「王中の王」、その上にあるのが干し瓜と薬用の干しブドウ

渇ききった体にビールがしみていく。程良く酔いが回った頃合いを見計らって、ウイグル美人の踊り子と二人の楽師が現われた。

金糸の刺繡《ししゅう》をした赤いドレスを着た踊り子は、ラワープという七弦の楽器とダフという太鼓の演奏に合わせて軽快な踊りを披露する。

ロシア系の顔立ちをした色白のべっぴんさんで、頭の上にペルシャガラスの器を載せてくるくると回ったり、首だけ左右に動かしてみせるが、頭の器は微動だにしない。

そのうちに一緒に踊ろうと誘われ、見様見真似《みようみまね》のへっぴり腰でお付き合いした。

ウイグル人の特技は歌と踊り、そして語学だそうである。

三カ国語くらいは普通に話せるというからうらやましい限りだが、これもユーラシア大陸のど真ん中に住み、遊牧や交易の民として生きてきた歴史のなせる業《わざ》だろう。

絶品だった干しブドウ、干し瓜

さて出発、と腰を上げると、出口にはいつの間にか干しブドウの売り場がもうけてあった。

何種類もの干しブドウや干し瓜《うり》を入れた箱を並べた大きなもので、急ごしらえとは思えない。我々が入る時にはカバーをかけて隠していたのだろう。

自由に試食してくださいと言われて手を伸ばしてみた。干しブドウも干し瓜も絶品だった。何しろ年間降雨量一五ミリ、蒸発量三〇〇〇ミリの環境で作られたものである。

日本で食べる干しブドウとは別物で、干し瓜の品のいい甘さは旅の疲れを忘れさせるほどだった。

「おいしいですね。素晴らしいですね」

T君はすっかり感動して、みやげに買って帰ろうという気になっている。私も思いは同じで、売り棚の前に二人並んで説明に聞き入った。

城の大手門だった南門。門の幅は6.8m、高さは11m。(写真上)
30mの高さを誇る土壁。この城は「世界でもっとも素晴らしい廃墟」と言われている(写真下)

同じ干しブドウでも作り方がちがうのである。

「これは天日干し、クリスマスローズと言います。これは風干しで、緑の真珠。こちらは白然干し、王中の王です」

給仕をしていた主人が、いつの間にか干しブドウ商人になっている。

「白然干しとは何ですか」

「木に成ったまま、取らずに乾燥させる。だから王中の王です」

直径五ミリほどの薬用の干しブドウもあった。これは腎臓の改善や体脂肪の減少にひときわ効果があるという。

私とT君はすでに相手の術中にはまっている。私は自分の健康を優先して薬用のものを、T君は家族にもこの感動を味わってもらいたいと緑の真珠と干し瓜を購入した。

ところが、である。帰国して食べてみたが、湿気の多い日本ではトルファンで食べたような味がしない。しかも数日でカビが生えるという悲劇にみまわれたのだった。

次にトルファン博物館を訪ねた。

入口にはユーラシア大陸の地図があり、トルファンは世界の四大文明が交わる地だという説明がしてあった。

紀元前三〇〇〇年頃からオアシスに人が住み始め、紀元前六〇年には前漢が西域都護府《せいいきとごふ》をおいて支配を始めた。

西暦四六〇年には高昌国《こうしょうこく》が成立し、六四〇年には唐に併合された。

そして唐の国力が衰《おとろ》えた八四〇年には、ウイグル人が侵攻して、回鶻《かいこつ》高昌国を建てたのである。

そうした歴史にまつわる品々を展示してあるのだが、どうしたわけかこの日は公開されるスペースが限られていた。しかもいきなり停電になり、早々に退出させられるというアクシデントまであった。

見学することはできなかったが、この博物館には巨犀《きょさい》（パラケラテリウム）の骨格を化石から

復元したものが展示してある。

巨犀は約三六〇〇万〜二四〇〇万年前にユーラシア大陸に生息していた哺乳類サイ類の仲間で、体長は約八メートル、肩までの高さは約五・五メートルあったという。

実は新疆《しんきょう》ウイグル自治区からは恐竜の化石も数多く発見されていて、映画『ジュラシックパーク』で一躍有名になったティラノサウルスも、この地で発生したと言われている。

その頃にはまだ小さな、か弱い恐竜の一種だったが、やがて生存競争に勝ち抜く進化をとげ、凶暴な肉食獣となって陸の王者になったという。

七年前（二〇一二年）には巨人な草食恐竜の化石も発見された。約一億六〇〇〇万年前の地層に眠っていた恐竜の体長は約三五メートル、体重は約三〇トンと推定されている。

同時期の地層からはカメ類や魚類の化石も大量に発見されているので、当時は巨大な樹木が生い茂る海辺だったことがうかがえる。

タリム盆地の地面には塩分が多量に含まれていて、雨が降った後には塩田のように塩が浮き出て真っ白になる。これも海底だった頃の名残《なごり》である。

標高一〇〇〇メートル近い盆地が海底だったとは驚きだが、これはおよそ五〇〇〇万年前に南半球にあったインド大陸が、ユーラシア大陸と衝突して隆起したために起こったことである。

実はエベレストもこの隆起によってできた山で、山中から海の生物の化石が見つかっている。チベット高原、天山山脈もその時に造られたもので、タリム盆地は押されてできた地面のシワの谷間に位置していたのである。

東門。門の幅は5m、高さ15m。両側は版築で造られた堅固な土壁が遺っており、物見の部屋も備えていた（写真上）
大手門からすぐにある居住区（写真下）

広大なタリム盆地をながめながら、地殻変動の壮大なドラマに思いを馳せていると、日本列島や樺太《からふと》は衝突の衝撃でピザの縁《へり》がはがれるようにしてできたのではないかと思えてきた。

日本国内からの視点も重要だが、同時にユーラシア大陸からの視点も持っていなければ、日本という国の本質を見誤ると改めて思った次第である。

三〇メートルの絶壁に囲まれた交河故城

夜になって風が強くなった。

風速はおよそ三〇メートル。台風並みの猛烈な風で、砂漠の砂を巻き上げた風が横なぐりに

吹きつけてくる。

　四月、五月は風の強い季節で、時には砂嵐が天をおおうほどの高さになって津波のように押し寄せてくることもある。また竜巻となって農作物に被害をおよぼすという。

　一回の突風は二〇～三〇分くらい。それが半日から一日つづく。

　砂漠を旅するキャラバンにとってはまさに嵐で、砂に埋もれたり道を見失ったりすることも多かったのである。

交河故城で一番大きい寺院である大佛寺。東西約60m、南北約90m。内部には主殿、回廊、井戸、仏塔の台基などの遺跡が残っている（写真上）
寺院区の中央に位置する中央大塔。寺院区は城の3分の2の面積を占め、80余りの遺跡がある（写真下）

　翌日は風もおさまり快晴だった。我々は午前九時半にホテルを出て、トルファンから一〇キロほど西にある交《こう》河《が》故城《こじょう》を訪ねた。

　二つの川にはさまれた粘土《ねんど》質の台地に築かれた城は、南北約一七〇〇メートル、東西約三〇〇メートル。そしてまわりは約三〇メートルの高さの

絶壁《ぜっぺき》になっている。

紀元前二世紀から紀元五世紀までの間、車師国《しゃしこく》の都だったところで、高昌故城ができるまではシルクロード交易の要地として大いに栄えた。

それだけに漢や匈奴《きょうど》から侵略を受けることも多く、巨大な要塞型の都城をきずいて身を守ろうとしたのである。

我々は南西の大手門（南門、一七七頁）から城内に入ったが、まず城のまわりの絶壁に圧倒された。高さ三〇メートルといえば八階建てのビルほどの高さである。その土壁が垂直に切り立って敵の侵入を拒んでいる。

これは川の浸食《しんしょく》によって造られたものを、人の手で削り落としてより強固にしたものだ。古くは海の底で堆積した地層なので、岩がなく削りやすいのである。

大手門から坂道を登って高台に出ると、幅一〇メートル、全長三五〇メートルの道が城の奥（北側）に向かってつづいていた。

これが都城の幹線道路で、大手門に近い南側には住居（一八〇頁）や旅館、役所などが建ち並んでいた。北側は塀に囲まれた王宮や寺院などがあった。

粘土質の土を掘って地下に宮殿や広場を造り、掘り出した土を版築《はんちく》で固めて壁や塀にするやり方である。

黄土高原にはヤオトンと呼ばれる土の中の家がある。夏は四〇度Cを超え、冬は氷点下。しかも砂嵐に襲われる厳しい環境では、土の中の家のほうが安全で快適なのである。

交河故城もその方法で造られたもので、地下の宮殿や広場は、採光や風通しがいいように工夫がこらされている。

当時は家の壁や塀にも彩色がほどこされ、大通りの両側は市場や飲食の店でにぎわっていただろうが、今は土造りの遺跡が折り重なってつづく廃墟《はいきょ》である。

ところがこの廃墟には、何とも言えない魅力があった。

二〇〇〇年の歴史を秘めたオブジェ。風雪にさらされ崩れかけてはいるものの、なお人間の営みの懸命さを伝えてくれる。

「武士《つわもの》どもが夢の跡」という空しさもあるが、悠久の時の流れが生み出した偉大な芸術品のように見える。

しかも、はるか彼方には雪をかぶった天山山脈が連なり、人間の営みをじっと見ている。

二〇〇〇年前にここで暮らした人たちも、私と同じようにあの山を見上げていたのである。

「凄《すご》いね。まいったな」

私は言葉を失っていた。

雨の多い日本では想像すらできない光景だった。

「確か『スターウォーズ』の中で、こんな川が出てきましたね」

T君が記憶をたぐった。

「この町には七〇〇〇人が暮らしていたそうです。全体の三分の二は寺院設備だったと考えられています」

交河故城の居住区。過酷な気候に対応するため、住居は穴を穿った半地下構造になっている

王さんが教えてくれた。

織田信長が治めていた頃の岐阜城下の人口が八〇〇〇人だと言われている。二〇〇〇年前に七〇〇〇人も住んでいれば、巨大都市だと考えて差しつかえないだろう。

西暦四六〇年に高昌国が成立して高昌故城が建てられると、交河故城から王宮や都市的な機能が移された。その後は軍事施設としての役割をになうようになり、十四世紀に焼失するまで使いつづけられたのである。

優れた防御機能を備えていた都城

南北約一七〇〇メートルの城内を半分ほど進むと、東側にもうひとつ

の門（一八〇頁）があった。

　門の外の川には吊り橋がかけてあり、この門から人が、大手門から騎馬が出入りしたという。

　さしずめ搦手《からめて》門というところだが、備えは厳重だった。

　粘土質の台地を掘って造った門の左右には、ぶ厚い塀《へい》がもうけてある。外側には破城《はじょう》槌《つい》などによる攻撃から門を守るための甕城《おうじょう》が設置してあったはずだ。

　この門を突破して攻め入っても、内側にもうひとつの門があり、塀の上から弓などで狙い撃てるようにしてある。

　第二の門を破って城内に突入しても、正面には高い壁がそびえたち、一人がやっと通れるような細い道が左右に分かれてつづいている。

　そこを通っている間にも頭上から矢を射かけられるのだから、敵は次々と先陣部隊を討ち取られ、撤退せざるを得なくなる。

　驚いたことに、門の内側には井戸が四つも並んでいた。直径は二メートルほど、深さは三〇メートル以上あるという。

台地の高さが約三〇メートルなので、それくらい掘らないと川より低い水位に達しないのだろう。

隣り合うようにしてそれだけの深さの井戸を掘る技術はたいしたものだ。水の手を断たれれば城は落ちるのだから、井戸を確保できるかどうかは死活問題なのである。

これほど恐るべき防御機能を、紀元前二世紀に造られた交河故城が持っていたとは驚きだった。

日本で二重の枡形《ますがた》（虎口《こぐち》）を配した城が造られるようになるのは、戦国時代のことだから、およそ一五〇〇年は遅れている。

城が落とされた場合、中国では城内の住民は皆殺しにされることが多かった。

ところが日本では、大将格の者たちが敗北を認めて自害すれば、住民の多くは新しい領主に従うことが許された。

そうした処罰のゆるやかさが日本人の防衛意識を低くし、城の守りをおこたらせたのだろう。

性善説的な脇の甘さは、今日の防衛問題の議論にも影を落としているかもしれない。

そんなことを考えながら交河故城の全景をながめていると、ある記憶が脳裏をよぎった。

この城とよく似た造りの城をどこかで見たことがある。あれはどこだろうと思いを巡らすうちに、青森県や北海道などに蝦夷《えみし》が築いた「館《たて》」と呼ばれる城だと気付いた。

たとえば北海道の上ノ国町にある勝山館は二つの谷川にはさまれた台地の上にあり、中央に大道を通し、南北を二つの居住地に分け、一番奥に神社や墓地を配している。

この地でアイヌと交易を行っていた蠣崎信広《かきざきのぶひろ》が一四七〇年代に築いたものだが、その構造は

不思議なくらい交河故城に似ている。

　これは偶然なのか。それとも交河故城の築城技術を知っていた者が、北海道や青森まで移動して蝦夷たちに技術を伝えたのか。

　そのことを解明することで、シルクロードからモンゴル高原のステップロードを通り、ロシアのアムール川流域、樺太、北海道、青森へとつながる交易や流通の道筋が見えてくるかもしれない。

　東門を見学した後、我々は城の北部にある寺院区に入った。

　正面には巨大な仏塔が崩れることなく残っていた。その周りには小さな仏塔が整然と列をなしている。

　寺院の跡もいくつかあり、中でも最大のものは南北約九〇メートル、東西約六〇メートルもの規模（一八一頁）である。それは信仰のためというより、仏教を統治の手段として使っていたからではないかと思われる。

　我々は遺跡を訪ね歩いたが、ともかく暑い。日射しは強烈で、憩《いこ》える日陰はまったくない。熱中症になりかけた体を冷まそうと、ペットボトルの水を腕にふりかけてみた。するとオキシドールをぬった時と同じように、水は気化熱を奪うひんやりとした感触を残してまたたく間に乾いてしまった。

　さすがは年間蒸発量三〇〇〇ミリ。これだけ乾燥しているから、版築で築いた土の城が今も形をとどめているのだと納得した。

南門で出会ったウイグル族の女性

この地を訪れた唐の詩人がいる。

天宝十三年（七五四）、唐の北庭都護府の属僚《ぞくりょう》として赴任していた岑参《しんじん》は、長安に帰る同僚を見送るために交河故城のあたりまで同行してきた。

その時詠んだのが「送人還京」（人《ひと》の京《けい》に還《かえ》るを送《おく》る）である。

匹馬《ひつば》　西《にし》のかた天外《てんがい》従《よ》り帰《かえ》り
鞭《むち》を揚《あ》げて只《た》だ鳥《とり》と飛《と》ぶを争《あらそ》う
君《きみ》を送《おく》る　九月《くがつ》　交河《こうが》の北《きた》
雪裏《せつり》　詩《し》を題《だい》すれば　涙衣《なんだころも》に満《み》つ（『唐詩選』（下）岩波文庫）

天外とは唐の威勢《いせい》が及ばないほどの辺境の地という意味だろう。九月は陰暦九月で晩秋の候だが、ここ交河の地ではすでに雪が降っている。

雪の中で友を送るための詩を記せば、涙が流れて衣を濡らすというのである。

この涙は友と別れる悲しさによるものだけではあるまい。辺境の地から帰れない我が身を嘆く気持も込められている。

都の役人である岑参にとって、西域とはそれほど遠い最果ての地だったのである。

第5回　クムトラ千仏洞

ウイグルの民族音楽を継承するムカム歌舞団

体を焼きつくすような猛暑から逃れ、有り難い昼食の時間となった。

案内されたのはウイグル料理店だが、にこやかに迎えてくれた店主に見覚えがあった。

「あれ？　あなたは確か」

昨日ブドウ農家で食事をした時、踊り子に同行していた楽師である。ダフという太鼓を叩いていた人である。

「トルファンにはムカム歌舞団というウイグルの民族音楽を継承する楽団があります。この人はその団長なのです」

王剛《ワンガン》さんが教えてくれた。

民族音楽は十二ムカムと呼ばれ、十二の組曲から成っている。

新疆を代表する料理「大盤鶏」。
鶏の足も煮込んである

ムカムはアラビア語で音楽の旋律という意味だが、ウイグルでは「音楽、歌、踊りで構成される大型組曲」という意味で使われるという。

ムカムはウイグル人がタリム盆地に定住した九世紀半ばから歌われていた。初めは曲数も少なかったが、音楽に造詣の深いムカムチー（ムカム師）と呼ばれる人々が、新しい歌詞と曲を作るようになった。

やがてイスラム教が信仰されるようになると、イスラム哲学やアラブ、ペルシャの文学や音楽に影響を受けた詞や曲が作られるようになり、現在の十二ムカムの形になったという。

「昨日の歌や踊りもそうした曲のひとつです」

なるほど。確かにペルシャやアラビア、インドを思わせる音楽と踊りであった。西アジアの文化がシルクロードによってタリム盆地の東の端まで影響を及ぼしていたのである。

この店の名物料理は大盤鶏《ダーパンジー》である。鶏肉と野菜をトマトで煮込んだスパイスたっぷりの料理で、幅一センチはありそうな平打ち麺を入れて食べる。

煮込んだ汁には鶏や野菜の旨味《うまみ》がしみ込んでいる。平打ち麺は腰が強く、つるりとした食感で食べ応えがある。スパイスがちょっときついが、トマトの甘味がそれをカバーしてくれる。

（これは山梨のほうとうに似てないか）

そんな考えが脳裡をよぎった。

山梨には巨摩《こま》郡があるが、これは高麗《こま》に由来する。

高句麗が西暦六六八年に滅亡した時、日本に亡命してきた同国人が、巨摩郡に住むことを許

されたのである（諸説あり）。

高句麗はウイグル人の故郷だったモンゴル高原にも近い。そうした由縁《ゆえん》で大盤鶏式の料理が甲斐国に伝わり、今でも好まれているのではないか。これは日本とユーラシア大陸の関係性にこだわりすぎるあまりの我田引水かもしれない。

午後四時五十一分、トルファン発コルラ行きの高速鉄道に乗った。天山《てんざん》山脈の北から南へと横切る三時間の旅である。

二段式の寝台車のベッドに横になると、抑え込んでいた疲れがどっと出た。しかも頭の芯《しん》がずきずきと痛み、体が熱っぽい。

強い日射しに照らされながら交河故城《こうがこじょう》を歩き回っていたために、熱中症になりかけていたのである。

私はうずくまるようにして休の回復を待ったが、年若い編集者のT君と王剛さんは元気が有り余っているらしく、ベッドに腰かけて仏教談議を始めた。

話は三蔵法師《さんぞうほうし》や鳩摩羅什《くまらじゅう》のことから大乗、小乗（上座部仏教）の問題におよんでいる。好敵手の二人の議論は次第にヒートアップし、私のことなどそっちのけで持論を開陳《かいちん》しているが、やがて王さんがこんなことを言った。

「小乗仏教の僧は肉を食べる。だから三蔵法師は彼らと食事することを嫌いました」

さすがによく勉強しているなと、私は王さんのプロ根性に敬服した。

『大慈恩寺三蔵法師伝《だいじおんじさんぞうほうしでん》』（築島裕訳）の第二巻にそのことが記してある。

鉄門関を南ウイグル（クチャ側）から北ウイグルへと歩む著者
この道を呂光に囚われた鳩摩羅什も歩んだという（写真右）
鉄門関に刻まれた岑参の詩（写真左）

法師が亀茲《きじ》国に着くと、王宮で国王のもてなしを受けることになった。ところが食卓に並んだ品々を見て、法師は食べられないと言ったのである。

王が怪しんで理由をたずねると、法師は「大乗では食に三浄ありと教えている。これはその教えに合っていないので食べられない」と別の食事を運んでもらったのである。

従来は鳩摩羅什が亀茲国を小乗から大乗に変えたと言われてきたが、この頃には亀茲国の王族は小乗仏教を奉じていたのである。西域において、小乗仏教はそれほど強く信仰されていたのだった。

三蔵法師の高弟である慧立《えりゅう》が著した『大慈恩寺三蔵法師伝』前半五巻には、当時の社会状況についての情報がいくつも載せられていて興味深い。

そのひとつが法師が阿耆尼《あぎに》国（カラシャール）で聞いた伝説である。

法師が歩いた道の南側に大きな湖があり、まわりの町とは数丈の絶壁でへだてられていた。

町の人々は古くからこの湖の水によって生活してきたが、ある時急に水が出なくなった。困り果てていると一人の僧がやって来て、自分を養ってくれるなら水を引けるようにしてやろうと言った。

町の人々は半信半疑ながら僧を養うことにしたが、ある時僧は崖の上に登り、自分が合図し

クチャに近づいた頃に見えた狼煙台と関所の址

ムザルト河の支流に架かる橋を渡りクムトラ千仏洞へ（写真上）
窟群区谷内区の第48～50窟のあたり。クムトラ千仏洞は
河流により堆積した砂、土、礫岩でできた地層に造られた（写真下）

たなら「我がために水を下せ」と唱えるようにと言った。

合図に従って教えられた通りにすると、水は必要な時に必要なだけ出てくるようになった。町の人々はお礼を言おうと僧を捜したが、すでに湖のほとりで息絶えていた。

そこで遺体を焼き、埋葬した場所に石塔を立てて供養した。法師は湖の近くの宿に泊まったが、その石塔は今もあるという。

カラシャールに通じる道の南側といえば、現代のボステン湖のことだろう。しかも注目すべきは、僧が治水の技術を持ち、湖の水位の変化に対応できる連穴《れんけつ》式の樋《ひ》を用いたと思われることだ。日本で治水事業を行ったことで有名なのは行基《ぎようき》だが、同様のことが西域でも行われていたのである。

天山山脈の雪解け水をオアシスまで運ぶ地下水路（カレーズ）については以前（一五四頁）に触れたが、そうした技術は僧たちによって長安に伝えられ、遣唐使などによって日本にもたらされたのかもしれない。

古代シルクロードの要衝地・鉄門関

コルラ市は人口約五〇万人。ウルムチ市に次ぐ新疆《しんきよう》ウイグル自治区第二の都市である。すぐ近くに豊かな油田があるので、石油産業によって発展をつづけてきた。人口の七〇パーセントを漢人が占めているのは、石油産業に従事する人々が移り住んだからである。

かつてはコルラから楼蘭《ろうらん》まで川船で行くことができた。天山山脈の雪解け水が開都河《かいとが》によってボステン湖に流れ込み、孔雀河《くじゃくが》となって流れ出る。

孔雀河は楼蘭の近くのロプノールまで流れていて、二十世紀の初めにこの地を訪れたイギリス人のオーレル・スタインは川船でロプノールまで行ったという。

ところが今や孔雀河の水量は減り、水の流れは砂漠の中に消えている。ロプノールも干上がって、伝説の湖と化しているのである。

コルラは梨の名産地で、我々が泊まったホテルも「梨城花園酒店」という名だった。中国の経済的繁栄を象徴する高層建築の五つ星ホテルで贅沢《ぜいたく》な一夜を過ごし、翌朝鉄門関《てつもんかん》に向かった。

コルラ市の中心部から北へ八キロ。東西に横たわる天山山脈をぬってつづく谷間の道がある。谷川沿いのこの道が北ウイグルと南ウイグルを結ぶ要路で、古代からシルクロードとして用いられた。

この谷の入口に築かれたのが鉄門関（一九二頁）で、当時を再現したとおぼしき厳重な楼門が建てられていた。

そこをくぐった先には、谷川沿いの道が両側の尾根にはさまれるようにして北東へ向かっている。

南からは入口、北からは出口に当たる鉄門関で、隊商や旅人たちは検査を受けた。敦煌《とんこう》に近い玉門関《ぎょくもんかん》と並ぶ西域の要衝《ようしょう》である。

「鉄門関ではウイグルに産する鉄、玉門関では玉の持ち込みに目を光らせていました。どちら

も貴重な品なので、検査が厳しかったのです」

王さんが教えてくれた。

西域は鉄鉱石が豊富で、古くから鍛鉄《たんてつ》奴《ど》隷《れい》と呼ばれた突厥《とっけつ》人によって製鉄が行なわれていた。しかし鉄門関でチェックしていたのはそうした鉄ではなく、「銀《しろかね》も金《くがね》も玉《たま》も何せむに」と山上憶良《やまのうえのおくら》が謡った金銀ではないだろうか。

第68〜72窟の5つの窟の前室が通路となっている
クムトラ千仏洞の五連洞の外観(写真上)
石窟の壁に刻まれた漢字(写真下左)と亀茲文字(右)。
この痕跡からも漢人、亀茲人が造営に関わったことがうかがえる

第45窟。主室の左右壁には上下5段、各段8体の坐仏が
描かれているが、第14窟と違い中央に1体のみ
大きな坐仏が描かれている

というのは『大慈恩寺三蔵法師伝』の中に、阿耆尼国の山は「はなはだ高広にして皆これ銀鉱なり。西国の銀銭、従いて出ずる所なり」と記されているからである。

鉄は重いので持ち運びに不便だが、金銀なら少量でも高値だし通貨として使えるので、ひそかに長安や洛陽《らくよう》に持ち込もうとする輩《やから》が多かったと思われるのである。

前回ご紹介した唐の詩人岑参《しんじん》もこの地を訪れ、「題鉄門関楼」（鉄門関楼に題す）という詩を詠《よ》んでいる。

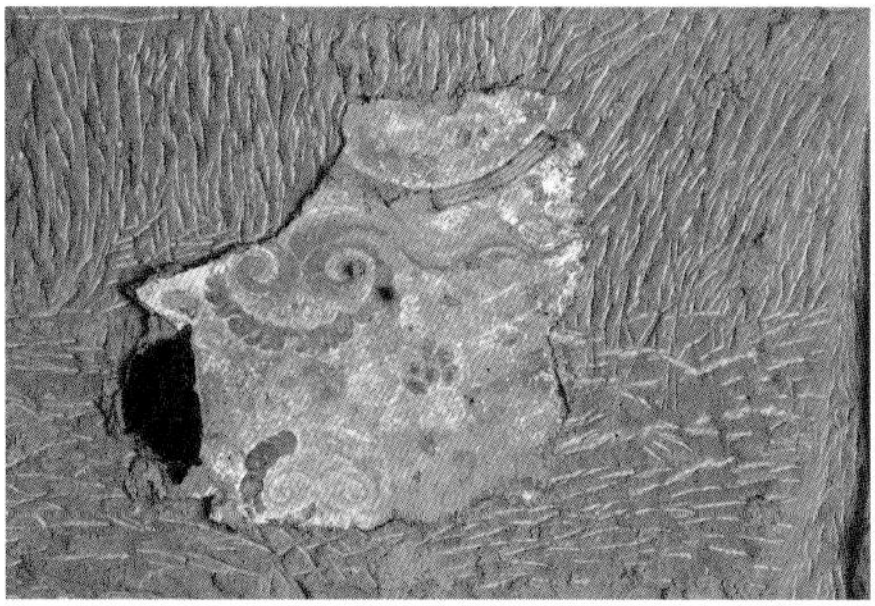

第71窟。窟の天井部分にある唐草模様。この痕跡から窟が漢人の影響を受けて造られたと考えられる

鉄門は天の西涯
日を極むるも　行客少なし
関門の　小吏
終日　石壁に対《むか》ふ
橋は千仞《せんじん》の危きに跨り
路は西崖の窄《せま》きに盤《めぐ》る
試みに西楼に登って望めば
一望して頭白くならんとす（中田喜勝著『シルク・ロードに於ける岑参の足跡』所収）

鉄門関の近くには梨園があった。名産のコルラ梨を植えた

もので、当地では人参《にんじん》果《か》と呼ばれている。

人参はアフガニスタンの原産で、食用や薬用として珍重されていたので、旅人たちはコルラ梨を人参と見立てて体力の回復を図ったのだろう。

「この梨園は二〇〇〇年前からあり、三蔵法師も立ち寄ったそうですよ」

T君がそんなことを聞き込んできた。

「すると鳩摩羅什も、ここで梨を食べたかもしれないね」

「そうですよ。ひとつ食べてみましょうか」

T君に連れられて売店をのぞいてみた。

青く小ぶりの梨で、実は堅く水分は少ない。それでも上品な甘みがあって、炎天下を旅する者たちには何よりのご馳走だったはずである。

沿道には砂なつめの木が所々にあり、淡黄《たんこう》色の花がひどく官能的な香りを放っていた。この香りは清朝の乾隆帝《けんりゅうてい》が愛した香妃《こうひ》が身にまとっていたものだと、何かの本で読んだことがあるが、

「この葉を煎《せん》じて飲むと下痢止めの薬になります。きっと旅人は重宝したことでしょう」

ガイドの王さんは、ロマンスよりも実用に関心があるようだった。

一万人余の僧がいた亀茲国

鉄門関から西へ向かう道が天山南路である。ゴビタンの中を貫く道を、鳩摩羅什のふるさとと

である亀茲国（クチャ市）に向かって疾走した。

道の北側にはアンズの木が植えてある。実を収穫して干しアンズを作るためだ。南側にはポプラの森が延々とつづく。こちらは防風、防砂のためである。いずれもこの過酷な地で生き抜くために人々が心血を注いで植え付けた、努力の結晶と言うべきものだ。

走ること二八〇キロ。クチャ市に近付いた所に狼煙《のろし》台と関所の址（一九三頁）があった。関所で異変があれば、即座に狼煙で駐留軍に知らせる態勢がとられていたのである。

我々は真っ直ぐにクムトラ千仏洞《せんぶつどう》に向かった。クチャ市から西南に走ることおよそ三〇キロ。ムザルト河の東岸の崖に千仏洞がうがたれていた。

河は北から南に流れ、天山南路とほぼ直角に交叉している。河の東岸にある狭い道を北に入れば、ウシトル寺院址がある。

対岸にあるシャハトル寺院址とともに、多くの僧たちが修行にいそしんだ場所である。

ウシトル寺院址を過ぎてさらに北に向かうと、東から四本の支流がムザルト河に流れ込んでいて、川岸の崖《がけ》に石窟《せっくつ》がうがたれている。

だがクムトラ千仏洞の中心は、さらに一五〇〇メートルほどさかのぼった窟群区と呼ばれる一帯である。

西域における仏教の中心地であった亀茲国には、クムトラの他にキジル、クズル・ガハ、シムシムの石窟があり、寺院の数も多かった。

この地に仏教が伝わった時期は定かではないが、すでに三世紀末から四世紀の初めには多く

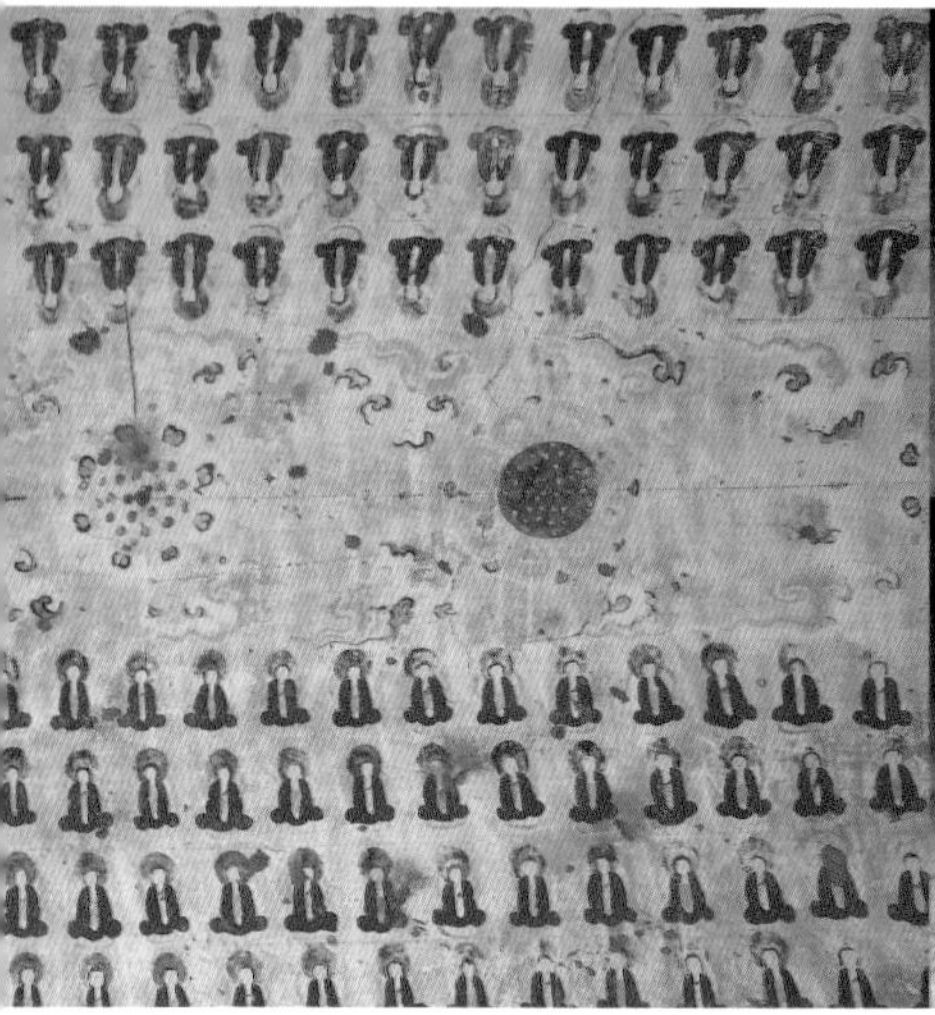

第14窟。縦長のアーチ状の窟頂部分に「万人成仏」という大乗仏教の真髄が小千仏として描かれている

第71窟。主室正面の結跏趺坐した仏像の石で造られた基礎部分

の仏教徒がいて、中国本土に行って訳経《やくきょう》に従事していたという。

鳩摩羅什がカシミールへの留学から帰ったのは西暦三六三年と考えられているが、その頃亀茲には一万人余の僧がいた。人口は八万～一〇万人ほどだったというので、一割近くが僧だったことになる。

初期には小乗仏教が信仰されていたが、羅什が大乗仏教を伝えると、亀茲王以下の王族はその教えに従うようになった。

その影響は西域諸国におよび、毎年の羅什の講説には諸王が集まり、側に跪《ひざまず》いて拝聴したという。

ところが亀茲国は三八四年に前秦《ぜんしん》の呂光《りょこう》によって滅ぼされ、羅什は連れ去られた。

それは仏教の経典を翻訳させるためと伝えられているが、西域の諸王に対する羅什の影響力を利用するためだったのかもしれ

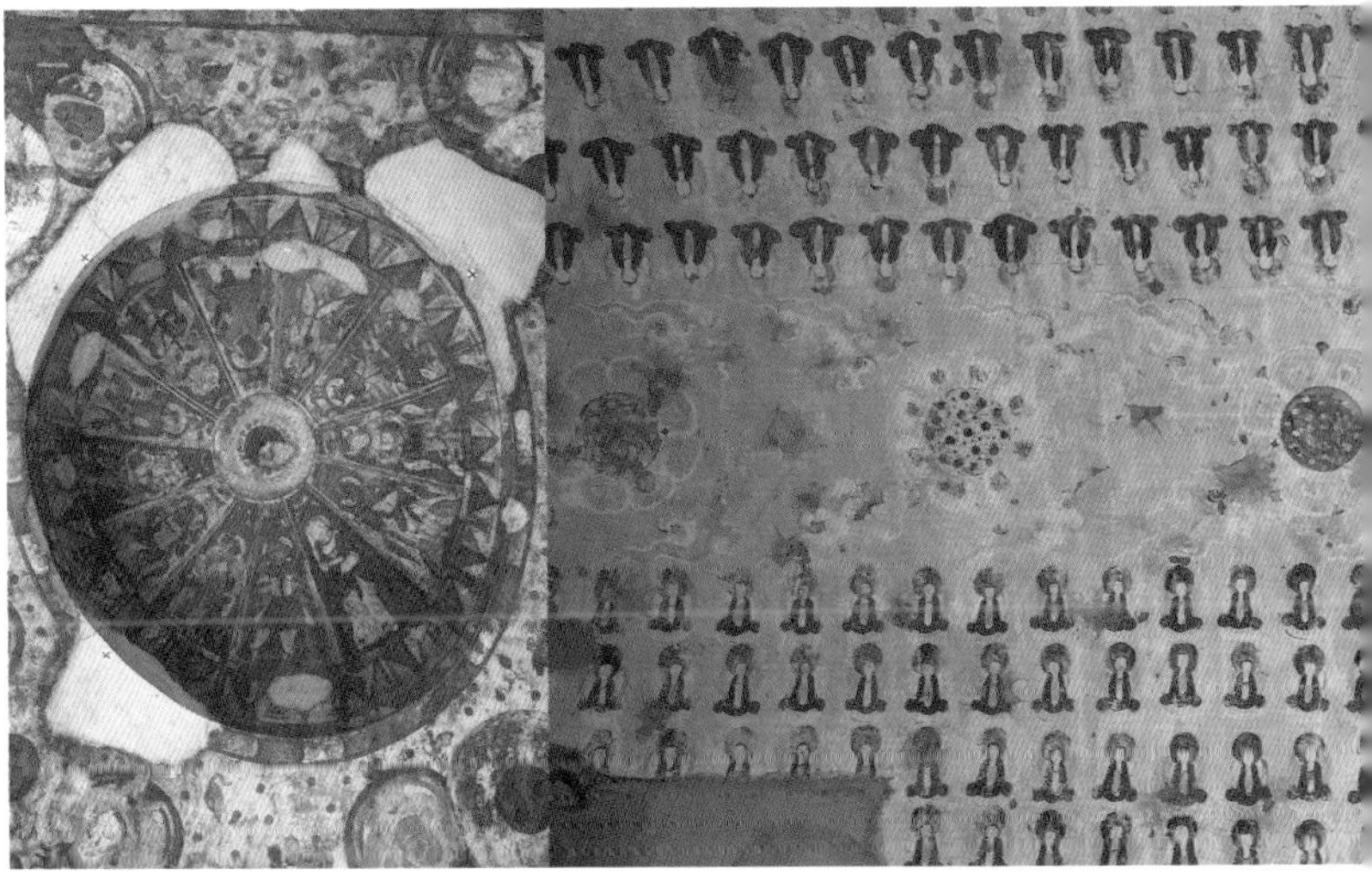

第34窟。半円状の天井に描かれた
仏法を守護する12体の諸天善神

ない。

そして羅什が去った後には大乗仏教の影響力が低下し、諸国の王も小乗仏教を奉じるようになった。

三蔵法師が亀茲国を訪ねた時、国王が小乗仏教の教えに従ってもてなしたのは、こうした経緯《けいい》があってのことだと思われる。

我々は雄大な景色をながめながらムザルト河沿いの道をさかのぼり、窟群区に着いた。

大溝と呼ばれる支流の峡谷を中心に、谷南区、谷内区、谷北区に分れていて、谷南区には第一～三九窟、谷内区は第四〇～五一窟、谷北区は第五二～七二窟の石窟が並んでいる。

まず谷北区の第六八～七二窟（一九六、一九七、二〇〇頁）を見学した。クムトラ千仏洞の最北端に位置する場所に、岸壁をうがって築かれている。

五つの窟が前室を持ち、それが通路となって窟をつないでいるので、五連洞と呼ばれている。前室の奥には独立した主室と後室を持っている。現代風に言うなら廊下に面して五つの部屋が並んでいるようなものだ。

六九窟が僧房窟で僧たちの住居として使われ、他の四つは寺に寄進をした者の寺や墓所にされたものと思われる。造営されたのは唐の建中年間（七八〇～七八三）で、内部には仏像が安置され壁画が描かれていたが、イスラム教徒による破壊などがあって、今は石窟としての形状をとどめているばかりである。

次に谷内区の第四五窟（一九六頁）を訪ねた。支流の峡谷を渡り、岸壁の中腹にある窟まで草におおわれた細い道を登っていく。

このあたりは赤い砂の多い地層なので、草が生えていない所は足元が滑る。下は一〇メートル近い崖なので、体がすくんで動けなくなるほどだ。

その険しさが破壊をまぬかれる楯《たて》となったようで、小坐仏や蓮華、雲文の図などが比較的良く残っていた。こんな所に石窟を造るのは至難の業《わざ》で、人々の信仰心の強さには驚嘆するばかりである。

大乗仏教の精神が描かれた一四窟

次に谷南区の第一四窟（二〇〇頁）を訪ねた。中央に方形の基壇をそなえた方形窟だが、基

壇も仏像も見る影もなく破壊されている。

しかし幸いなことに、かまぼこ形の天井に描かれた千体仏と、正面の壁の上部に描かれた浄土変相図だけは往時の姿をとどめていた。

中でも天井の中軸帯に描いた蓮華と雲文図。その左右に描かれた、両袖が垂れた紅色の衣をまとった小千仏は鮮やかな色彩をとどめ、荘厳な信仰空間を演出していた。

見上げる宇宙が、あまねく御仏《みほとけ》におおわれていることを示す壮大な構図である。

「凄《すご》いですね。素晴らしいですね」

T君は得意のフレーズを連発し、口を半開きにして天井をながめている。本当に千仏あるか数えているのである。

「左側は三八体ずつ一二段、右側は三七体ずつ一二段あります。これで九〇〇体ですから、削られた部分も含めると一〇〇〇体あったのでしょうね」

正面の壁の中央には蓮華座についた仏を描き、左右には脇侍《わきじ》の菩薩立像《ぼさつりつぞう》一体を配している。

これは典型的な漢様式なので、谷北区の石窟と近い時期に造られたものと思われる。

亀茲国で一番早く造られたのはキジル石窟で、四世紀から八世紀初頭。クムトラ千仏洞はそれよりやや遅く、五世紀から八世紀中葉までに造営されたと考えられている。

その間に造営者は亀茲人、漢人、ウイグル人と変わっていき、石窟の様式や壁画の描き方も大きく変化している。

これは誰がこの地方を支配したかによるもので、三八四年に亀茲国は呂光によって滅ぼされ

鳩摩羅什の生地とされる亀茲故城

たものの、亀茲人の勢力は依然として保たれていた。漢人が安西都護府《あんせいとごふ》をおいてこの地を勢力下におさめるのは、六四八年になってからである。

クムトラ千仏洞の入口にあたる谷口区には、亀茲様式の龕《がん》柱《ちゅう》式仏堂窟に小乗仏教を主題とした壁画が多く、窟群区には漢様式の像柱式仏堂窟に大乗仏教を主題とした変相図が多いのは、こうした時代の流れを反映しているからである

我々は最後に谷南区の第三四窟（二〇一頁）を訪ねた。きわめて貴重な天井画が残されていて、期待は弥《いや》が上にも高まったが、石窟の扉には二つの鍵がかけられていた。

現地ガイド氏が持っているのは一つだけなので、谷の入口にある事務所まで取りに行ってくるという。

仕方なく待つことにしたが、待てど暮らせど戻って来ない。しかも日は刻々と暮れていき、疲れと空腹はつのっていく。

仕方がないので河原に植えられた桑の実を食べながら待っていたが、結局鍵は見つからず、バールでこじ開けるという仕儀となった。

そうしてようやく見ることができたのが、諸天善神像である。キリスト教会の天井画のような構図を、読者諸賢も心して御覧いただきたい。

第6回　キジル石窟

鳩摩羅什の生地・亀茲故城

クムトラ千仏洞《せんぶつどう》の鍵《かぎ》のトラブルで一時間以上も無為に過ごしたために、クチャ市内にもどった時には午後八時を過ぎていた。

ところが西域の夕暮れは遅い。暗くなるにはまだ間があるというので、亀茲《きじ》故城《こじょう》（二〇四頁）を訪ねた。

亀茲国の王城の跡だが、今はポプラ並木の側に幅二メートルばかりの城壁の跡が残るばかりである。

近頃発掘調査にかかったばかりのようで、入口にはフェンスをめぐらして立ち入りを禁じている。

内部は工事現場のように雑然としているが、城壁が土をつき固めた版築《はんちく》という技法によって造られていたことは遠目にもはっきりと分かった。

ここには玄奘三蔵《げんじょうさんぞう》も立ち寄っていて、『大唐西域記』（平凡社）には次のように記されている。

〈屈支《くつし》国（亀茲国＝クチャ）は東西千余里、南北六百余里ある。国の大都城は周囲十七、八里ある。糜《きび》・麦に適し、粳稲《うるちのいね》を産し葡萄・石榴《ざくろ》を出し、梨《なし》・柰《からなし》・桃・杏《あんず》が多い。土地は金・銅・鉄・鉛・錫を産する。気候はおだやかで風俗はすなおである〉（水谷真成訳注）

古代の中国では一里は約四八〇メートルなので、十七、八里とは約八・五キロくらいだろう。二キロ四方ほどの広大な都で、シルクロード交易の中継地として繁栄をきわめていた。

〈伽藍は百余ヵ所、僧徒は五千余人で、小乗教の説一切有部を学習している。教義の基準は則を印度にとり、その読みならうものは印度文である〉（同前）

玄奘三蔵が訪ねた頃のクチャでは、印度文（サンスクリット語）の仏教経典を用いていたらしい。教学の主流はやはり小乗仏教（上座部仏教）だったのである。

そうした記録の現場に立っていると感慨もひとしおだが、それ以上に心を打たれたのはこの城が鳩摩羅什《くまらじゅう》の生地だからである（諸説あり）。

「ついに、来たね」

私はフェンス越しに城内をながめながらつぶやいた。

「そうですね。来ましたね」

T君も前回の旅で交わした約束を忘れてはいなかった。

敦煌《とんこう》の白馬塔を訪ねた時、T君は私に鳩摩羅什の物語を書くように迫った。私は「鳩摩羅什と椋鳩十《むくはとじゅう》の区別もつかないのだから、小説にするのはとても無理だ」と逃げを打ったが、心の

針は次第に挑戦してみたいというほうに傾いていた。

それから一年の間に、その思いはますます強くなっている。それは羅什を単に仏教経典を訳した者としてではなく、小乗仏教との対決を通して大乗仏教の悟りに至った人としてとらえる視点が、私の内部で育ち始めているからである。

それが『法華経』そのものの課題であったことを、植木雅俊氏の労作である『サンスクリット原典現代語訳 法華経』（岩波書店）を読むうちに理解することができた。

そして『法華経』を漢訳した羅什の壮絶な人生も、釈迦《しゃか》の教えの真実に近付こうとする求道の旅であったことが分かり始めたのである。

「うまく書けるかどうか分からないけど、挑戦させてもらうよ」

「よろしくお願いします。きっと鳩摩羅什も喜びますよ」

T君は人を乗せるのがうまい。あれこれ余計なことに気を回さず、よかれと思ったことを直感的に口にするので、妙に納得させられるのである。

なぜ羅什は偉大な求道者となったのか

羅什の故郷に敬意を表し、求道の旅に出るまでの彼の人生について紹介させていただきたい。

事の始まりは、西暦三四九年にインド僧鳩摩羅炎《くまらえん》が亀茲国にやって来たことだった。

彼はインド某国の大臣の息子だったが、悟りを求めて流浪の旅をつづけていたのである。

塩水渓谷、曲線の地層がはっきりと見える。干上がっているが岩壁の下が川

鳩摩羅什のブロンズ像。奥に見えるのがキジル石窟の谷西区

彼の説法は町でも評判となったのだろう。これを聞いた亀茲王は羅炎を城に招いて教えを受け、国師として遇するようになった。

この稀人《まれびと》に惚れ込んだのが王の妹の耆婆《ぎば》だった。

強気で聡明な彼女は、どこの国王から縁談を持ち込まれても拒み抜いていたが、羅炎を見るなり「あのお方の妻になりたい」と言い出した。

兄の国王は喜んだろうが、出家僧の羅炎としては迷惑千万な話である。戒律を破るわけにはいかないと拒んだものの、王の懇願と耆婆の強引さに押し切られ、還俗して結婚せざるを得なくなった。

そして翌年、羅什が生まれた。つづいて弟の弗沙提婆《ふつさだいば》も生まれたのだから、羅炎一家は順風満帆というところだが、耆婆はそれでは満足できなかった。生老病死の苦から脱するために、出家して修行に打ち込みたいと言い出したのである。

「おい、ちょっと待て」

王も羅炎もそう言ったにちがいない。中でも還俗させられて父親になった羅炎には、とうてい承服《しょうふく》できることではなかった。

ところが耆婆の意志は固く、認めてくれないなら飢《かつ》え死ぬとハンガーストライキを決行した。

そして六日目の夜に衰弱《すいじゃく》しきったために、兄も夫も根負けして出家を許したと『高僧伝』（岩波文庫）は伝えている。

これが羅什が五歳の頃のことである。王宮に取り残された羅什と弟の提婆は、お父さんから

第32窟に描かれている因縁説話図。座している釈尊に石を投げつけようとしているのが提婆達多(だいばだった)

第38窟 主室正壁全景。中央の窪みには仏座像が安置されていたが、ここが中心柱であり、背後が後室にあたる

印度文の読み書きなどを教わりながら過ごしたことだろう。

ところがその二年後、正式に比丘尼《びくに》となった耆婆は羅什も出家させて寺に入れることにした。それがどこの寺か分かってはいないが、おそらく耆婆が詣でていた雀梨《じゃり》大寺で、母子二人で修行に打ち込んだと思われる。

雀梨大寺についても諸説あるが、亀茲国最大の寺院であったスバシ故城が有力だと思われる。ところが耆婆はここでの修行にも飽《あ》き足らず、二年後には羅什を連れて仏教の本場であるカシミールに旅立っていく。

これは羅什の才能を見抜き、大きく育てるためだったという。だとすれば「孟母三遷《さんせん》」（孟子の母が息子の教育に悪い環境をさけるために三度引っ越したこと）のような話だが、私にはそのような美談とは思えない。

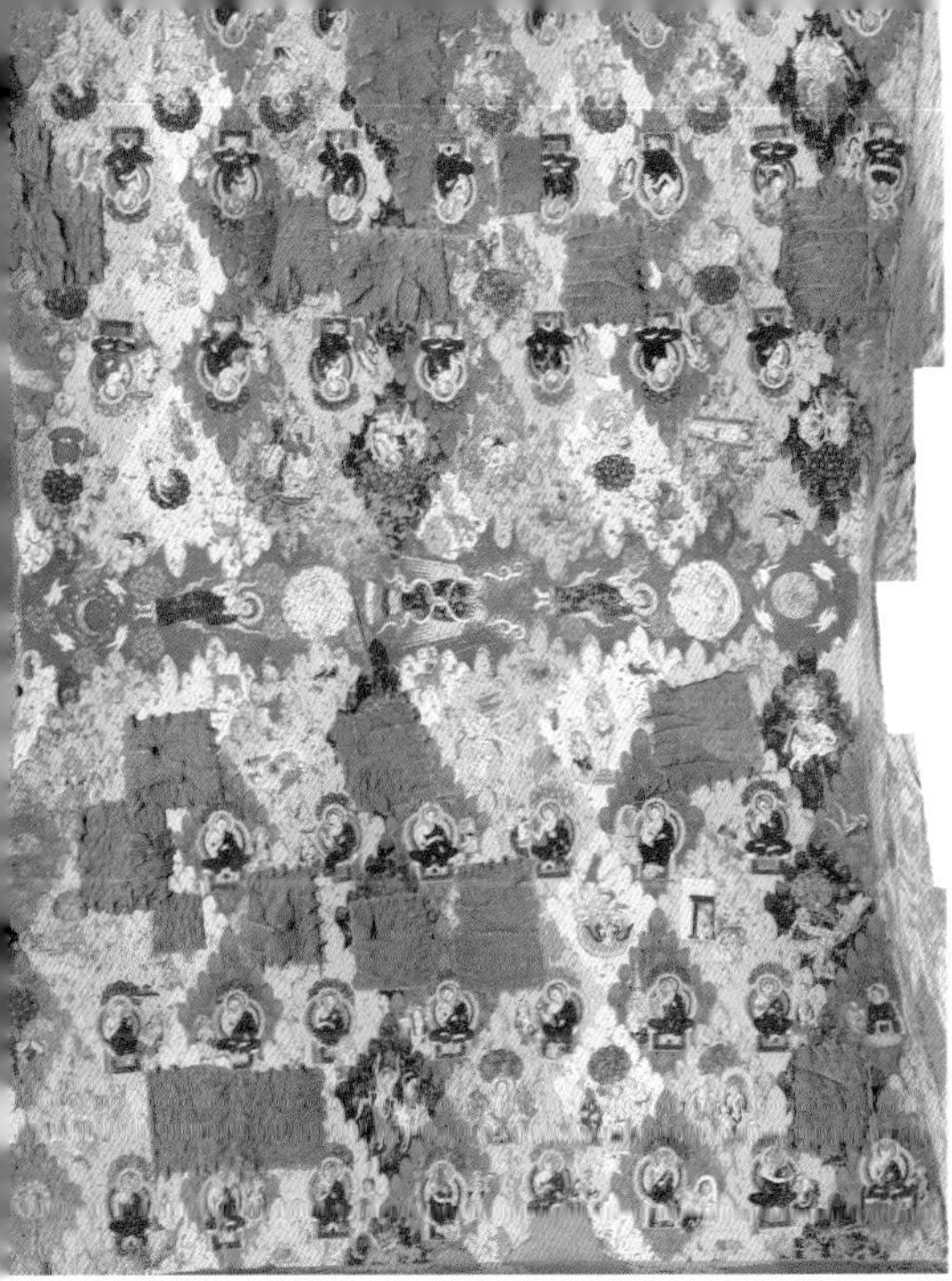

第38窟 主室窟頂全景。窟の天井（窟頂）は縦長のアーチ状になっており、多くの本生図と因縁説話図が描かれている

耆婆はただ仏の道を究めたい一心だったのではないか。真理の法を知りたい、悟りの境地に到りたい、という抑え難い渇望《かつぼう》に突き動かされ、世俗のことには関心がなくなったのだろう。

羅什を連れて行ったのも、

「そんな無責任なことで、いいと思ってるのか」

夫の羅炎になじられ、

「そんなら羅什を連れて行くわよ。連れて行きゃいいんでしょう」

そう啖呵《たんか》を切って家を出たような気がする。

もともと悟りを求めて世俗と縁を切る（出家）とは、そうした一途な情念や直感にとらわれて為すものだろう。

だが儒教の影響が強い中国では、そんなわがままを許してたまるか、という考え方が大勢を占めている。そこで『高僧伝』では、羅什を育てるためという解釈をしたのでは

ないだろうか。

一途な情念や直感に突き動かされるのは、恋に狂うのと似たようなものである。そんな母親に連れ回されて寺に入り、カシミールまで旅をした幼い羅什の胸中はどのようなものだったろう。

「お母さん、おうちに帰ろうよ。お父さんと提婆が待ってるよ」

何度かそう呼びかけ、そのたびに牛のような目でにらまれて黙殺されたにちがいない。

そんな母親が哀れだという思いがあったからこそ、羅汁は寺でもカシミールでも一番の成績をおさめて喜んでもらおうとした。

そうした努力と思いやりが、やがて釈迦の深い教えと結びつき、鳩摩羅什を偉大な求道者に育て上げたと思うのである。

塩水峡谷を経てキジル千仏洞へ

その夜は庫車《クチャ》飯店に泊まった。

夜半から風が強くなり、小刻みな音を立てて窓ガラスが震えた。遠くから地鳴りのような音も聞こえてくる。外は砂嵐ではないだろうか。

天をおおう壁となって迫ってくる砂嵐の映像を見たことがあるが、シルクロードを渡っている途中にあんな嵐におそわれたら、どうなってしまうのだろう。

そんなことを考えていると、羅什や玄奘の苦難が思われてなかなか寝入ることができなかった。

翌日は雨だった。年間降雨量一五ミリと言われるタリム盆地で雨にあうとは珍しい。七月から九月に降ることはあるが、五月に降ることはほとんどないという。

「しかし、あまりいいことではありません。野菜や果物の苗の根元が雨に打たれて崩れ、枯れてしまうことがあります」

王剛《ワンガン》さんが教えてくれた。

こんな時期に雨が降るのは、地球温暖化の影響だという。もしこのまま温暖化が進んで、天《てん》山《ざん》山脈の万年雪が解けたなら、オアシスの水は枯渇しかねないのである。

雨が上がった頃、ホテルを出てキジル石窟に向かった。

目的地まではおよそ七五キロ。途中に天山山脈を横切る塩水峡谷（二〇八頁）がある。峡谷の間には塩水の川が流れていて、川岸の砂地を白く乾いた塩がおおっている。

これもあたりが海底だった頃の名残である。人は塩水を飲用水にすることはできないが、馬やラクダは平気だという。

峡谷の景色は豪快だった。地面の軟らかい部分が風や雨で浸食され、固い岩がむき出しになっている。中央アジアに多いヤルダン地形である。

しかも鉄分の多い赤茶色の砂岩で（キジルとはウイグル語で「赤い」という意味）、海底から隆起した時に折れ曲がった跡が、曲線の地層となってくっきりと残っている。地球の壮大な営みを伝えるジオパークだった。

キジル石窟はムザルト河の北岸に連なる千仏洞山《ミンウイ・タグ》の岩壁に造られていた。川の南岸のはるか

第38窟。主室前壁入口上部の菩薩説法図。中央には兜率天（天界の一つ）で、閻浮提（地上世界）に下生を待つ弥勒菩薩が描かれている。弥勒菩薩は釈尊入滅後56億7000万年後に仏として再びこの世界に登場し、衆生を救うとされる

第38窟。主室左壁全景。上部に各2体ずつ7つの伎楽天が描かれており、その下には現世で釈尊が悟りを開くまでの軌跡である仏伝図が描かれているが、その内容は不明

遠くには、荒涼山《チャール・タグ》の尾根が荒々しい姿を見せて横たわっている。

前日訪ねたクムトラ千仏洞は、ここから一二キロほど川を下ったところに位置している。天山山脈の北と南に石窟を造営したのである。

駐車場に車を止め、ポプラ並木の間の真っ直ぐな道を歩いていくと、正面の岩壁に窰洞《ヤオトン》（土の中の家）のように並んだ石窟群があった。

ここが谷西区と呼ばれるところで、石窟前の広場には半跏思惟像《はんかしい》に似た姿をした鳩摩羅什のブロンズ像（二〇八頁）があった。

「呂光《りょこう》の軍に攻められた時、羅什はここまで逃げてきました。そしてキジルで捕えられ、連行されたのです」

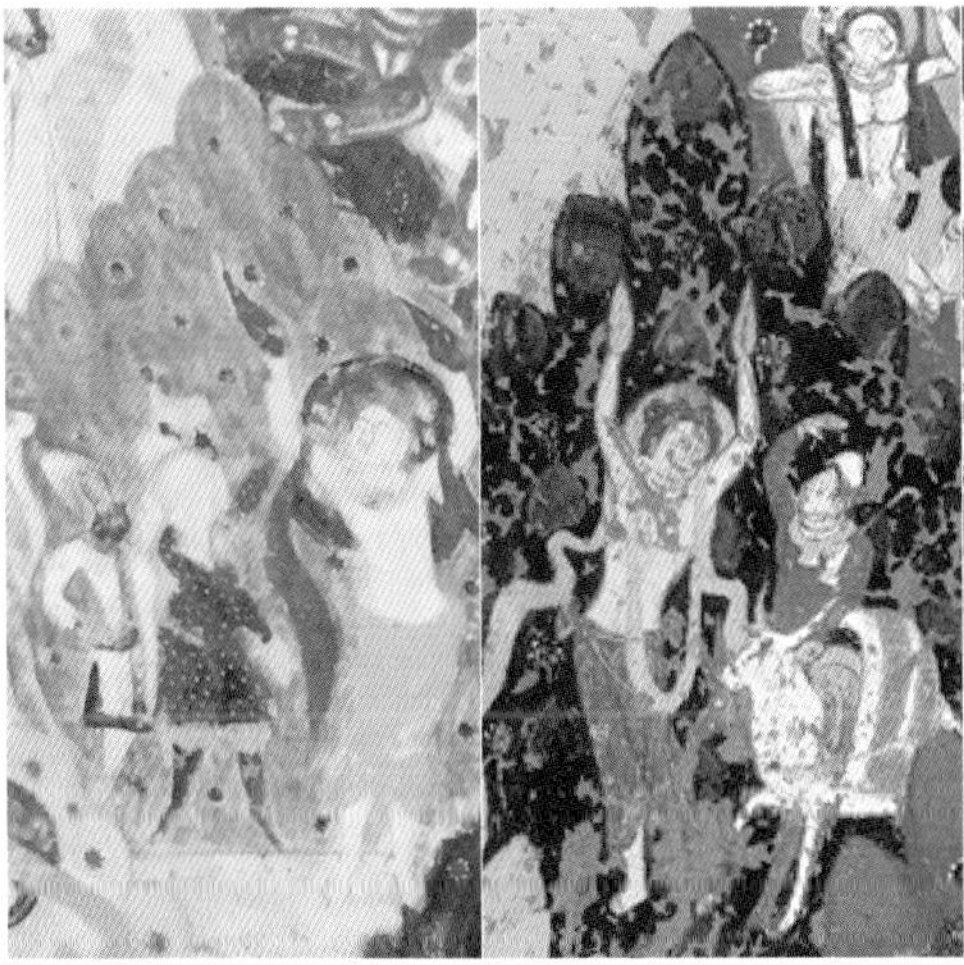
灯明王本生（右が第38窟、左が第17窟）

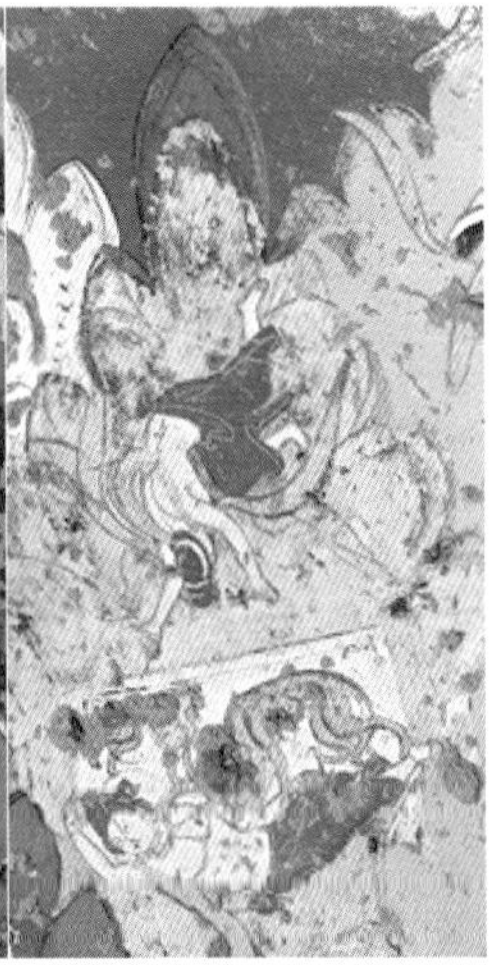
第38窟。摩訶薩埵本生

王剛さんが説明してくれた。

おそらく羅什たちは、亀茲国第二の都市である拝城《はいじょう》（キジルの西方約六〇キロ）に逃れようとしたのだろう。あるいはキジル石窟には、非常の場合に身を隠せる秘密の部屋があったのかもしれない。

釈迦の物語を描いた因縁説話図・本生図

我々は岩壁に造られた階段を登り、まず第三二窟を訪れた。

五世紀に築かれたもので、主室の後方に中心柱があり、その背後に後室と呼ばれる狭い空間がある。

中心柱の前方には大龕《だいがん》、後方には二つの小龕《しょうがん》をもうけて仏像が安置されていたが、仏像は破壊されて空虚な穴となっている。

日本でも本尊のまわりに空間を空け、ぐるり

とひと回りしながら参拝する形をとっている寺があるが、中心柱はその本尊に似たものだと考えればイメージしやすいのではないだろうか。

この石窟は小乗仏教に属するもので、主室には菱形格子で区切った因縁説話図が描かれている。釈迦がこの世で悟りを開いた以降の物語で、その中には提婆達多《だいばだった》の説話（二一〇頁）もあった。

達多は釈迦の従弟で共に出家するが、やがて慢心を起こして敵対するようになり、釈迦に数々の危害を加えるようになる。

壁画に描かれているのは、手の指のような形をした須弥山《しゅみせん》で修行する釈迦に達多が石を投げつける場面だった。

後室の壁には、釈迦涅槃図《ねはんず》が描かれている。中心柱を回っている途中で釈迦の涅槃に立ち会うという趣向である。

次に第三八窟（二一〇〜二一八頁）を訪ねた。造営は四世紀。羅什が活躍していた時代である。

この窟は大型で、中心柱の造りが見事である。ラピスラズリの青や孔雀石の緑をふんだんに使った壁画も、比較的よく残っている。

特に破壊者の手が届きにくかった天井（窟頂）には、因縁説話図と、釈迦が過去世でどれほど苦難を乗り越えてきたかを示す本生図《ほんじょうず》が良好な状態で残されていた。

小乗仏教では、釈迦はこうした苦難を乗り越えた末に悟りを開いたのだから、一般の人間は出家してどれほど努力しても菩薩にまでしかなれないと説いていた。

まして在家の信者や女性は悟りには無縁なのだから、ひたすら出家をうやまって救いを求め

よと迫ったのである。

では釈迦が乗り越えた苦難とはどんなものであったのか。その実態を天井に描かれた本生図から見てみよう。

天井右側の上部には、上から身を投げる人物と、身を横たえて虎に喰われる人物がいて、かたわらに子虎が一頭描かれている（二一五頁）。

これは大車国王の末の子であった摩訶薩埵《まかさつた》が、子を産んで餓えた虎を救うために尖った木で我が身を突き刺し、そのまま横たわって虎をやしなった場面を表わしている。『摩訶薩埵本生』と呼ばれるもので、捨身飼虎《しゃしんしこ》の一つのパターンである。

同じく右側の下部には、両手を燃やして水牛に乗った商人の横に立っている人が描かれている（二一五頁）。

これは『灯明王本生』で、悪鬼が起こした暴風雨のために闇の中で道に迷った隊商を助けるために、薩薄《さつば》（商隊長）が両手に巻いた白布に油をそそいで灯火とし、商人たちを救った場面である。

同じく右側の中ほどでは、家の前で合掌してひざまずいた人物が、一頭の鹿を迎えている（二一八頁）。これは『尼倶盧陀《ニグローダ》鹿王本生』で、鹿群の王であるニグローダが、子を孕《はら》んだ鹿を助けるために、自分が身代りとなって国王の餌食《えじき》になる場面である。

国王はこの慈悲心に動かされ、鹿王の説法を受けて仏法に帰依したのである。

このように釈迦が過去世で行った善行が所狭しと描かれ、これくらいの功徳《くどく》を積まなければ仏になれないことが強調された。

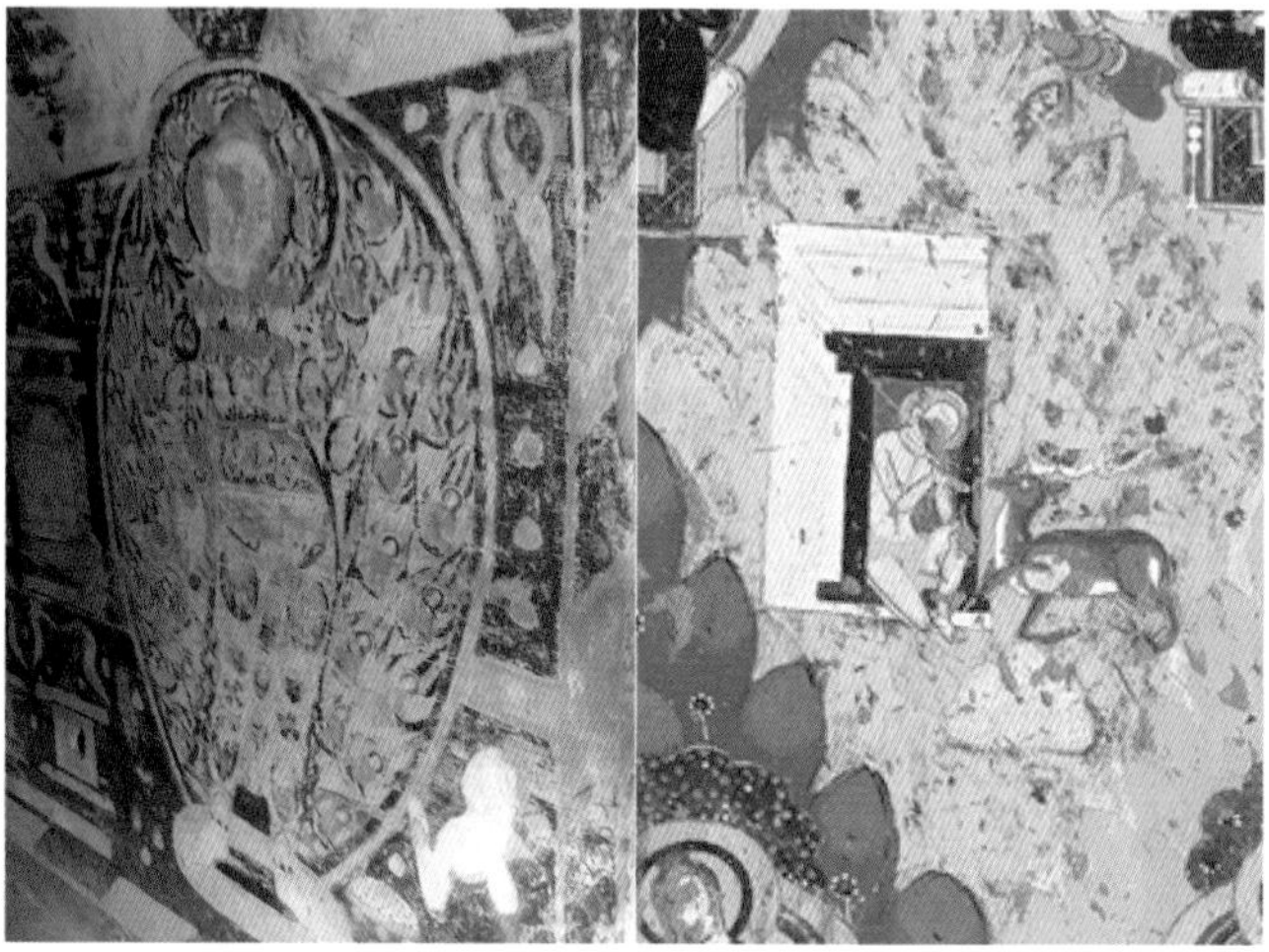

第17窟。後室からの出口に描かれた立仏。その頭光と身光の外周は小坐仏で満たされており大乗仏教の精神が顕されている。小乗仏教が広く流布していた亀茲国で、大乗仏教も信仰されていた証である（写真左）。第38窟。尼倶盧陀鹿王本生（写真右）

そして釈迦を神格化するとともに、普通の人間には悟ることなどできないので、ひたすら僧を頼りとして寄進を欠かさぬようにと教えたのである。

こうした小乗仏教を打ち破り、人は誰でも仏になれると説いたのが『法華経』を中心とする大乗仏教なのである。

第三八窟（二一四頁）には左右の壁の伎《ぎ》楽天《がくてん》図《ず》や、入口上部の菩薩説法図など、芸術性の高い壁画がたくさん描かれている。

後室の釈迦涅槃図に描かれた会衆《えしゅう》の姿も見事で、完全な姿が失われていることが残念でならない。

第一七窟（二一五頁）は六世紀に造られたもので、壁画の大半は第三八窟と同じ小乗仏教の本生図である。色彩の鮮やかさにおいてはこちらのほうが勝っていて、『灯明王本生図』の燃える両手や体が赤く表現されている。入口上部の菩薩説法図や天井の本生図もよく残っていて、菱形の格子に本生図を描くのが当

時のスタイルだったことがよく分かるが、芸術性においては第三八窟に遠く及ばない。

T君が興味を引かれたのは、中心柱をめぐる回廊の右側に描かれた立仏《たちぼとけ》だった。

「これを見てください。この立仏の頭光《ずこう》と身光《しんこう》の外周は、小坐仏で満たされています。これは万人成仏の大乗仏教の精神にもとづくもので、小乗が中心だった頃にも、大乗が信仰されていたことを示すものです」

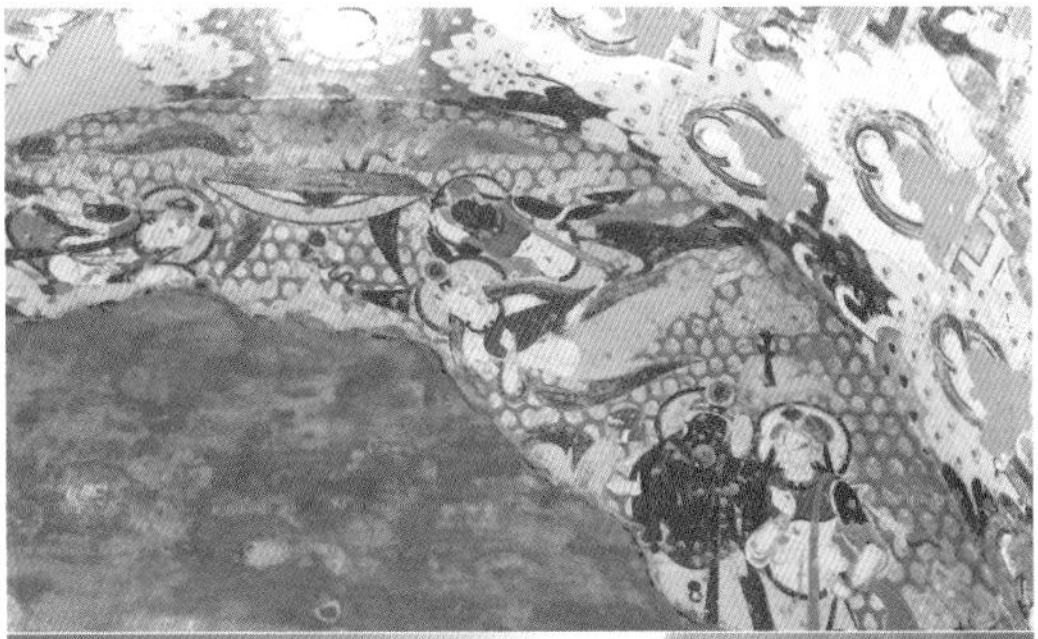

第8窟の入口上部に描かれている菩薩説法図。
琵琶を奏する供養天が描かれている（写真上）
谷内区。岩壁中腹の一番奥が110窟で、崖を登るようにして辿り着いた（写真下）

興奮気味に語りながら、ペンライトで画を照らしてくれた。

西域文化は長安を経て日本に

第八窟は七世紀のもので、入口上部や天井の図は鮮明な色が残っている。注目すべきは菩薩説法図（本頁）に描かれた琵琶《びわ》を奏する供養天である。

この赤く描かれた五絃の琵琶は、正倉院の宝物である螺鈿《らでん》紫檀《したん》五絃《ごげん》琵琶と同様のものである。

「凄《すご》いね。西域の文化は唐の長安を経て日本にまで伝わったんだね」

その証拠を目の当たりにして、私もいささか興奮していた。

伝わったのは文物ばかりではない。西域やインドからも多くの人が渡来し、最新の知見を伝えたことは今や学問的にも証明されている。

日本の歴史や文化をユーラシア大陸からの視点でとらえ直すべきだ、という私の考えは間違っていないと、一四〇〇年前の壁画が教えてくれたのである。

谷西区から谷東区に移っていくつかの石窟を見学した後、谷内区に向かった。

石窟群中央の岩壁が、谷川の浸食によってえぐられて深い谷をなしている。その崖《がけ》の中腹にもいくつかの石窟がうがたれていた。

「あそこにある第一一〇窟には、釈迦の『四門出遊《しもんしゆつゆう》』を描いた仏伝図があります（二二二〜二二三頁）。とても貴重なものなので、是非ご覧になってください」

年若い現地の女性ガイドに勧められ、谷川を渡り崖の道を登ることになった。

道端に生えた低木につかまり、四つん這《ば》いになるようにして登ったが、上に行くほど赤い砂岩がむき出しになっている。しかも表面が細かい砂におおわれていて足が滑りそうになる。

ヤルダン地形特有の困難に直面しながら先に進んだが、前を行くガイド嬢が急に立ち止った。

第一一〇窟の手前に幅一メートルばかりの裂け目があり、奈落《ならく》の谷底へとつづいている。その裂け目をのぞき込み、足がすくんで動けなくなったのだった。

第7回　スバシ故城

悟りを開くまでを描いた仏伝図

キジル石窟《せっくつ》の第一一〇窟は谷内区の崖《がけ》の中腹にある。

亀裂《きれつ》を前に立ちすくんだガイド嬢の手を王剛《ワンガン》さんがつかみ、裂け目が狭くなっている所まで連れていって渡らせたので事なきを得たが、皆が肝を冷やした一瞬だった。

第一一〇窟につづく斜面には、岩場を削って階段がもうけてある。それゆえドイツの探検隊が階梯窟《かいていくつ》と名付けたという。

主室の幅は五・二メートル、奥行き四・六メートル。一五畳ばかりの広さで、天井はかまぼこのようなアーチ状である。

左右と正面、三方の壁はいずれも上中下の三段に仕切られ、左右の壁には七列、正面には五列の仏伝図が描かれていた。

左右の壁に二一枚ずつ、正面に一五枚。計五七枚の絵によって、シッダルタ王子が出家して

第110窟の左壁に描かれた21枚の仏伝図。上段ははぎとられてしまっている

仏陀《ぶつだ》となるまでを描いたものだ。

いわば仏陀の絵伝で、生老病死の苦を感じて出家する「四門《しもん》出遊《しゅつゆう》」や、修行中に魔王の誘惑をふり払った「降魔成道《ごうまじょうどう》」はよく知られている。

物語は左壁上段の左端から始まり、正面上段、右壁上段へとつづき、左壁の中段へとつながっている。時計まわりに三巡すれば仏陀の生涯が分かるように工夫した斬新《ざんしん》なものである。

絵の描写力も高く、ラピスラズリを中心とした絵具の質も上等で、往事の見事さが偲《しの》ばれるが、残念なことに絵の大半は破壊されている。

かろうじて全体像がうかがえるのは、窟の天井一面に描かれた結《けっ》跏趺坐《かふざ》する坐仏《ざぶつ》たちだけである。

「一九〇〇年代の初めにドイツの探検隊が来た時には、壁画の最下段はすでに破壊されていたそうですが、上段、中段は良好な状態を保っていました。ところが彼らは一三の仏伝図と、正面上方の半円形部に描かれた釈尊と魔王軍の戦いの絵などをはがし取り、ドイツに持って帰りました。その一部は、今もベルリン国立博物館にあるそうです」

第110窟左壁の中段左から2番目に描かれた「四門出遊」

ガイド嬢の説明を、王剛さんが通訳してくれた。
資料によればル・コックを隊長とする探検隊は、三六〇キログラムを超えるフレスコ画や仏像などを切り取り、三〇五箱に詰めてベルリンまで運んだ。

　中国としては返還訴訟を起こしたいほど残念なことだろうが、ガイド嬢にはそうした思いはないようである。移動中もスマホでしきりに誰かと連絡を取り合っている現代っ子で、過去の文化遺産より希望に満ちた未来のことで頭が一杯のようだった。

　興味を引かれたのは、天井に描かれた坐仏たちの体の大半が削り取られていることだった。多くの仏画や仏像は頭を破壊されているが、坐仏たちの顔は良好な状態で残っている。

　いったい何故だろうと同行のT君と首をかしげていると、王剛さんが理由を教えてくれた。

「仏たちは金箔《きんぱく》の衣服を着ていました。だから金が欲しくて削り取ったのです」

　何と罰《ばち》当《あ》たりな。救いを求めてこのように立派な石窟を築く者もいれば、わずかの金箔欲しさに仏の衣服を削

り取る者もいる。

それも欲と執着に駆られた人間の性《さが》なのだろう。

クチャ川の両岸に造られた仏教遺跡

次にスバシ故城を訪ねた。

キジル石窟からいったんクチャ市に引き返し、クチャ川ぞいに北に二〇キロほど走ると、川の両岸に仏教寺院遺跡がある。西岸にあるのが西寺、東岸のものは東寺と呼ばれている。寺院の建設は紀元三世紀に始まり、この地でイスラム教が盛んになった十世紀以後に次第に衰退していった。

西寺の遺跡の規模は南北六八五メートル、東西一七〇メートル。東寺は南北五三五メートル、東西一四六メートル。

両寺はクチャ川でへだてられているが、川幅は五〇〇メートルちかい。河川敷の大半は小石と砂利におおわれ、水はいくつかの流路に分れて細々と流れている。

ところがいったん大雨が降れば、川幅いっぱいの大河となって流れることもあるのだろう。年間降雨量一五ミリと言われるこの地で、そんなことが起こるとは信じられないほどだが、広大な河川敷と上流から押し流されて堆積《たいせき》した丸い小石を見れば、何度もそうした事態にみまわれたことが分かる。

ちなみに「スバシ」とは、ウイグル語で水源という意味である。クチャ川の上流のこのあたりが、天山《てんざん》山脈の雪解け水が流れ始める場所だと考えられていたのだろう。西寺の事務所で職員二人が待っていてくれた。常駐の管理人らしく、案内してくれる予定の学芸員がまだ来ていないという。

時間はすでに午後六時近く、太陽は西に傾きかけていたが、所在《しょざい》なく待つ以外に術《すべ》はなかった。

事務所の前の地べたには、年老いた黒い犬が寝そべっている。昼間の猛暑で疲れた体を、冷たくなり始めた地面でクールダウンしているらしい。しばらく見つめていると、視線に気付いたらしく顔を上げてこちらに目を向けてきた。そして「何だ人間か」と言いたげに無視すると、ふたたび寝そべったのだった。

その間もＴ君はカメラを抱え、西寺のシンボルとも言うべき巨大な仏塔を撮影しようとしている。すると二十歳ぐらいの職員が、こちらがベストアングルだという仕草をして一〇〇メートルほど離れた所まで案内してくれた。

青年もカメラが趣味らしく、Ｔ君の持っているニコンに熱い目を注いでいる。こんなに興味と熱意をむき出しにした視線に出会ったのは、いつ以来だろう。

二人は片言の英語で意思疎通《そつう》をはかりながら、久しぶりに再会した兄弟のように楽しげに撮影ポイントに向かっていく。私も後を尾《つ》いていったが、西日に照らされた仏塔が天山山脈を背景としてそびえる姿は見事だった。

スバシ故城の西寺大殿の城壁を見上げる著者。高さ10.8m、厚さは3mで既存の城壁は周囲318mの規模を誇る

文明のたそがれ、栄光の終わりを告げながらも、毅然《きぜん》とした誇りに満ちている。それが雄大な天山山脈と釣り合う何かを感じさせるのである。

事務所にもどると、青年はさっそく愛用のニコンのカメラを大事そうに抱えてきて、T君に見せていた。ようやく理解者を得たと言いたげな幸せそうな顔を見ていると、こちらもほのぼのとした気持になった。

到着した学芸員に案

内されて、遺跡に足を踏み入れた。

ここは「シルクロード・長安—天山回廊の交易路網」の一環《いっかん》として世界遺産に登録されている。保存のために、板を敷き詰めた通路しか通ることができなかった。

西寺の中央には大殿（本頁）があり、版築《はんちく》の壁や日干しレンガで造った高さ一〇・八メートル、厚さ三メートルの巨大な城壁に囲まれている。仏教遺跡でありながらスバシ故城と呼ばれるのは、寺がこのような城壁で守られていたからだろう。

おそらく当時は豊かなオアシスで、あたりは緑におおわれていたはずである。広大な敷地には三〇〇〇人の僧がいたというが、彼らの住居や生活を支える商店、旅人のための旅館などが建ち並んでいただろう。

城壁に囲まれた大殿の中には仏塔や殿堂があり、法要や修行の場になっていた。

城壁がこれほど高く、三メートルもの厚さがあるのは、敵の攻撃を防ぐためだけではなく、冬の冷え込みや夏の猛暑をさけるためだと思われる。

崩れてしまった建物の壁や城壁の断面を見ると、外側に日干しレンガを積み、内側に小石や砂利を入れていたことが分かる。日干しレンガで外の形を美しくととのえ、中には石灰などでコンクリート状にした小石や砂利を詰めたのだろう。

こうした技術が三世紀、一八〇〇年近く前にあったことに驚きながら断面をながめていると、妙なものに気付いた。小石と砂利の中に異物が交じっている。

小石のように見えるが、紡錘形《ぼうすいけい》のととのった形は石とは思えない。何だろうと思ってつまんでみると、ぽろりと手の中に落ちてきた。

最初は梅干しの種かと思ったが、それよりひと回り大きい。T君と王剛さんを呼んで確かめたところ、桃の種（二三〇頁）という結論で落着した。

「凄《すご》いですね。一八〇〇年前の桃の種ですよ」

T君が驚きの声を上げた。

おそらく建築現場で働いていた人が桃を食べ、種をコンクリート状の小石の中に吐き出したのだろう。

桃は高級品で「李下《りか》に冠《かんむり》を正さず」という言葉もあるほどだから、食べていたのは一般の作業員ではなく、現場監督のような人だったかもしれない。

この種のＤＮＡ鑑定をしたら、当時どのような種類の桃が食べられていたか分かるのではないか。もしかしたら再生も可能かもしれない。私はそんなことを考え、そっとハンカチに包んで日本に持ち帰ることにしたのだった。

西寺と東寺の役割の違い

スバシ故城のシンボルとも言うべき仏塔（二三〇頁）は五層構造の正方形で、高さは約一一メートル。幅は東西二〇メートル、南北四〇メートルで、南側には幅三メートル、長さ一四メートルの傾斜路をそなえている。

この傾斜路は地上までつづいていて、塔に上がる通路になっていたのだろう。中国では天子は南面し、臣下は南側の通路を上って天子に謁見《えっけん》したが、この構造もそれに倣《なら》ったのかもしれない。

「この塔の下から妊娠していた女性の遺骨が発見されました。どんないきさつで埋められたのか、はっきりしたことは分かっていません」

学芸員氏の説明を王剛さんが伝えてくれた。

その女性は王族であったために特別にここに埋葬されたのか、戒律《かいりつ》を破った尼僧が他界した後にひそかに埋められたのか。真相は永遠の謎《なぞ》だろうが、我々はその遺体をクチャ博物館で見学していた。

大人の遺骨の下腹のあたりに、胎児の骨がはっきりと残っていた。胎児の骨格がこれほどしっかり残るのは、産み月に近かったからだと思われる。（後日、この女性は高僧の愛人だったが、女犯《にょぼん》の罪を隠すために殺されたという説が有力だと、シルクロード研究の第一人者である大阪教育大学の山田勝久名誉教授から教えいただいた。明記して謝意を表します）

西寺の入口からの眺望。右に見えるのが大殿の城壁(写真上)
城壁の砂利のなかに交じっていた桃の種(写真中)
妊娠した女性の遺骨が発見された西寺の仏塔(写真下)

西寺の見学を終わった時には、さすがの西域も日没を迎えていた。標高一一五〇メートルもあるので、空気もひんやりとしている。それでも学芸員氏の勧めで東寺に行ってみることにした。高さ五メートルほどの土手を下り、小石に埋め尽くされた河川敷を歩いていく。足元の悪さに難渋しながら歩いていると、いきなり突風が吹き、砂を巻き上げて顔を打つ。

時にはこの何倍も強い風が吹き、砂漠の砂を巻き上げて砂嵐になるのだろうと思いながら、

クチャ川の中ほどから見た東寺。東寺に行くには川を渡るしかなく、普段は開放されていない

五〇〇メートル近い距離を顔を伏せながら渡りきった。

東寺には入口からつづくメインストリートがあり、道の両側には建物の跡が並んでいる。これは僧たちが学んだり宿泊していた場所だと考えられているという。

東寺にも三つの塔があるが、その規模は小さく、大勢を集める場所だったとは思えない。

「昔の寺は今の大学のような機能《きのう》があったからね。西寺が庶民も入れる信仰の場で、こちらは学問や修行のための特別な場所だったのかもしれないね」

私はそんな印象を持った。

「そうですね。クチャ川を渡って東寺に入れたのは、三〇〇〇人の僧の中でもエリートだけかもしれません」

T君も同じように感じたようだった。

スバシ故城と名僧たちの足跡

この寺は鳩摩羅什《くまらじゅう》や玄奘三蔵《げんじょうさんぞう》とゆかりが深い。

幼い羅什が母親の耆婆《ざば》と修行したのはここだと思わ

れるし、カシミールの留学からもどった後に大乗仏教に開眼したのも、雀梨《じゃり》大寺と呼ばれていたこの寺だった。

そのことについて『出三蔵記集《しゅつさんぞうきしゅう》』第一四巻に面白い記述があるので、現代風に意訳して紹介させていただきたい。

〈羅什は亀茲《きじ》王が建立した寺で放光経《ほうこうきょう》（大般若経《だいはんにゃきょう》）を初めて読みました。すると悪魔がやって来て文字をおおい、白紙にしか見えなくなりました。羅什は悪魔の仕業だと悟り、この経を学ぼうという決意をいよいよ固くしました。すると悪魔が去って字が見えるようになり、読むことができたのでした。

その後、雀梨大寺に入って大乗教の仏典（法華経など）を学んでいると、空中から声が聞こえました。

「お前は知恵ある者ではないか。どうしてこのように愚かな経を読むのだ」

すると羅什はその正体を見破り、次のように答えました。

「この小悪魔め、ただちに消え失《う》せろ。私の心は大地のように堅固で、決して変わったりしないのだ」

羅什はそのまま雀梨大寺で二年間修行し、広く大乗経の仏典を学び、その奥義に達したのでした〉

悪魔とのやり取りは、イエス・キリストが荒野で悪魔から誘惑される場面に似ている。『出三蔵記集』は六世紀に成立した中国における最古の仏教経典目録と言われるが、東ローマから

伝わったキリスト教の影響を受けたのかもしれない。

それとも仏陀の「降魔成道」が西に伝わってキリストの荒野の誘惑の物語を生み、それが再び東に伝わって羅什の評伝に組み込まれたのだろうか。

一方、三蔵法師はインドに求法《ぐほう》に向かう途中でこの寺を訪ねている。その様子は『大唐西域記』(平凡社)に記されているので、これも意訳させていただきたい。

〈荒城(亀茲城)の北四十余里(二十数キロメートル)のところに、山が谷をなしている所に接し、一つの河をへだてて二つの伽藍《がらん》があります。二つとも昭怙釐《しょうこり》(雀梨大寺)という名で、寺がある位置に従って西・東と呼んでいます。美しく飾って荘厳した仏像は、人間業とは思えないほど素晴らしいものです。僧徒は戒律を厳しく守り、立派に修行に励んでいます。

東寺の仏堂の中に、二尺(約六〇メートル)ばかりの幅の、黄白色の蛤《はまぐり》のような形をした玉《ぎょく》があります。玉の上の面には仏陀の足裏の跡があり、長さは一尺八寸、幅は六寸を超えるほどです。御仏《みほとけ》にちなんだ祭りの日には、光を当てて輝かすことがあるそうです〉

仏陀の足裏の跡とは仏足石《ぶつそくせき》のことで、釈迦が遊行して法輪を転じたことを表わすものとして、仏像が作られる以前から崇拝されていた。

東寺には黄白色の玉で造った仏足石があり、祭りの口にはライトアップをしていたというのだから、濃厚な信仰空間になっていたことがうかがえる。

西寺より東寺のほうが信仰や修行の場所としてのグレードが高かったという我らの推測は、それほど的はずれではなかったのである。

東寺の正門だった南門。著者もこの門を通って東寺を訪れた

小乗の師に大乗を説いた鳩摩羅什

午後九時に取材を終え、クチャ市内の亀茲緑洲生態園で食事をした。店内はまるで熱帯植物園のような造りで、ワニとかオウムの模型までおいてある。

緑洲とはオアシスのことだろうから、こんなに南国風にすることはあるまいと思うのだが、店主はここまでやらなければインパクトがないと考えたようだ。

メニューは豆腐麺、にらと玉子の入った焼ぎょうざ、胡瓜《きゅうり》の酢漬け、はるさめと鶏肉のみそ炒め、牛肉としいたけのオイスター味炒め、シシカバブ、野菜と豆のお粥《かゆ》である。

大皿の料理をT君や王剛さんと取り分けながら、ビールを酌み交わした。朝早くからのハードスケジュールだったが、羅什と三蔵法師ゆかりのスバシ故城を、つぶさに見て回ることができた喜びは格別だ

った。

「クチャ川の土手を下りる時は、どうなることかと思ったけどね」

「本当ですね。しかし東寺に行けて良かったですよ。修行の場という感じがしましたから」

「スバシは水源という意味だそうだけど、仏教の源泉という意味もあるのかもしれないね。しかし羅什さんが大乗仏教の講義をした時、小乗派の教授たちは嫌な顔をしただろうね」

東寺の南門に設けられた仏龕（写真上）
東寺の仏塔（写真下）

　私はスバシ故城は仏教大学で、町は学園都市だと感じていた。きっと西寺には学生街があり、カシミールやインドから来た留学生たちが行き交っていただろう。

　西域で一番の名門大学には名だたる教授たちがいて、精巧きわまりない小乗仏教（上座部仏教）を説いていたにちがいない。そこに乗り込んで大乗仏教を説けば、大きな反発を招いたのでは

ないだろうか。

「先生が心配されるようなことが、確かにあったかもしれません。しかし、羅什の師であった槃頭達多《ばんどうだつた》のような人もいましたから、少しずつ理解者は増えていったと思いますよ」

　王剛さんが心配無用とばかりにシシカバブに手を伸ばした。

『出三蔵記集』には、羅什の教えを受けた槃頭達多が感悟心服《かんごしんぷく》し「我はこれ和上の小乗の師にして、和上はこれ我が大乗の師なり」と言ったと記してある。王剛さんはこのことを指しているのである。

　これにつづけて西域諸国の者たちは羅什の教えに魂をゆさぶられ、みんな大乗仏教を信仰するようになったとあるが、これは評伝にありがちな贔屓《ひいき》の引き倒しだろう。

　羅什の時代から二五〇年以上も後に亀茲国を訪ねた三蔵法師が、ここでは小乗仏教が信仰されていると記している。残念ながら羅什の教えはそれほど根付かなかったのである。

　翌日は午前八時半にホテルを出て、タリム盆地の西のはずれに位置するカシュガルに向かった。

　その距離八〇〇キロメートル。冠雪した天山山脈を北にのぞみながらの、苦難の旅の始まりだった。

第8回　カシュガルへの道

森ではなくゴビタンを通ったキャラバン

我々が乗ったワンボックスカーは午前八時半にクチャを出発。天山《てんざん》南路をひたすら西に向かって走り、八〇〇キロ先のカシュガルを目ざした。

片側二車線、中央分離帯にガードレールを設置した道は美しく整備され、地平線の彼方に向かって真っ直ぐにつづいている。

交通量が少ないので車は時速一〇〇キロを超えるスピードを出しているが、時折隣の車線をトラックが楽々と追い越していく。一五〇キロ近いスピードで走る現代のキャラバンたちだ。

「一帯一路は現代のシルクロード」

そんな看板も所々に立ててある。未曾有《みぞう》の経済発展をとげた中国は、今や西域からヨーロッパへつながる交通網を整備して、新しい経済圏を確立しようとしている。

その具体的な施策が、高速道路や高速鉄道、ウルムチ空港のハブ空港化などのインフラ整備

尉頭国（トムシュク）のトクズサライ仏教寺院の仏殿跡。
背後の山頂に王城があった

である。

道の両側には広大な砂礫《されき》の大地がつづいている。ゴビタンと呼ばれる乾ききった荒野で、一面土色の世界である。

北側には火焰山《かえんざん》のようなむき出しの岩山が低い尾根を連ね、その向こうには雪をかぶった天山山脈がつづいている。

はるか南をのぞめば、雪解け水を集めた川が流れているらしく、木々が生い茂る緑のベルトが東西に細長くつづいている。

かつて多くのキャラバンが通った天山南路（シルクロード）は、この森の中ではなく少し北側のゴビタンを通った。森の中のほうが日陰も水もあるので通りやすいだろうと思ったが、

「そうではありません。森の中に道を作り、それを維持できるほどの人口はなかったので、ゴビタンのほうが歩きやすかったのです」

王剛《ワンガン》さんが教えてくれた。

トムシュクの東の支城、チラン故城

　ゴビタンの道は固いのでラクダは歩けない。玄奘《げんじょう》三蔵《さんぞう》がインドに向かった時も、鳩摩羅什《くまらじゅう》が母親の耆《ぎ》婆《ば》に連れられてカシミールに留学した時も、この道を馬に乗ったり歩いたりして通った。そして夜は森の中にある宿場町に泊まったのである。

　それにしても広い。車で走っていても果てしのない広さに圧倒されるのだから、歩いて通ったなら絶望に打ちのめされるのではあるまいか。それでも真理や悟り、商売の利益や未知なるものを求めて、古来多くの人々がこの道を行き交ったのである。

　ここで地理的なおさらいをさせていただきたい。新疆《しんきょう》ウイグル自治区の面積は約一六七万平方キロメートル。日本の約四・五倍の広さで、約二五〇〇万人が暮らしている。

　そのうち天山山脈と南の崑崙《こんろん》山脈の間に広がるのがタリム盆地で、東西約一四〇〇キロ、南北約五五〇キロ、面積は五六万平方キロメートル。日本の約一・五倍である。

タリム盆地の約六割を占めるのがタクラマカン砂漠で、東西約一〇〇〇キロ、南北約四四〇キロ、面積は約三二万平方キロメートル。

残りの約四割が緑におおわれたオアシス地帯ということになる。

シルクロードといえば「月の沙漠」に歌われた風景をイメージする方が多いと思うが、天山南路はゴビタンとオアシスの道で、砂の砂漠やラクダに出会うことはないのである。

真っ直ぐな道を延々と走っているうちに、私は不覚にも居眠りしていた。旅に出て七日目。しかも昨日の強行軍がたたって、疲れが抜け切れていなかった。

どれほど眠ったのだろう。車が停まる気配で目が覚めた。どこかに着いたのかと思ったが、今日二回目の検問のために停車を命じられたのだった。

時間は午前十時半。全員車を降り、顔認証のチェックを受けた。新疆ウイグル自治区における反政府活動を封じ込めようと、中国政府は徹底した監視体制をきずいている。

跋禄迦国があった温宿県へ

無事に検問をパスし、再び西に向かって走り出した。やれやれとほっとしたのもつかの間、ドライバー氏は減速して車を路肩に停めた。

「どうかしたんですか」

T君が不安な面持ちでたずねた。

「三時間制限ですよ」

王剛さんが答えた。

高速道路を走る車は、三時間を過ぎたなら二〇分の休息を取るよう義務付けられている。それはGPSで監視されていて、違反したなら減点されるので、自主的に休息せざるを得ないという。

「どうぞ。待っている間に腹ごしらえをしてください」

王剛さんがパンと水を用意してくれていた。

パンには干しブドウとクルミが入っている。どちらもウイグルの名産品で、疲れを忘れさせてくれるほどおいしかった。

きっちり二〇分間停車し、GPSの許しを得て再び車は走り出した。スマホで位置を確かめると、温宿《オンスー》県に入っている。

かつて跋禄迦《バールカー》国があったあたりで、その様子は玄奘三蔵の『大唐西域記』（平凡社）にも記されている。

〈跋禄迦《バールカー》国は東西六百余里、南北三百余里ある。国の大都城は周囲五、六里である〉

当時の一里は約五四〇メートルなので、国は東西約三二〇キロ、南北一六二キロばかりということになる。大都城は今の阿克蘇《アクス》市だという説が有力だが、確定はしていない。

〈産物・気候・人情・風俗・文字の法則は屈支《くつし》国と同じであるが、言語は少しく異なっている。細糸の毛氈《もうせん》・細糸の毛織物は隣国に重んぜられている。伽藍は数十ヵ所、僧徒は千余人おり、小乗の説一切有部を学習している〉（同）

クチャからトムシュクへ移動する車窓から見た南疆鉄道。
この列車の終着駅は、我々の目的地と同じカシュガル（写真上）
アクスとカシュガルの間にある阿恰（アチャ）SAで昼食をとる。
食べたのはウイグル族の伝統料理「拌麺（ばんめん）」（写真下）

西暦六二九年に玄奘三蔵がこの地を訪ねた頃には、アクス市あたりまで亀茲《きじ》国（屈支国＝クチャ）の勢力範囲だったことがうかがえる。それは我々がクチャを出て、車で四時間かけて走ってきた距離とほぼ同じである。

鳩摩羅什がカシミールへの留学から戻った時、亀茲国王が温宿まで出迎えたという言い伝えも、『大唐西域記』の記述と一致する。

僧徒は千余人というから、五千余人の僧徒がいたというクチャの五分の一ほどの規模だったと思われる。

玄奘三蔵はアクスから天山山脈を越え、キルギスの道をたどってインドに向かうことにした。こちらは通商路として整備されていたので、ゴビタンがつづく南路より通りやすいと考えたのだろう。

ところが山を越えるのは至難の業だった。峠はハン・テングリ山（標高六九九五メートル）や

ポベダ山（七四三九メートル）が連なる山脈にあり、ぶ厚い万年雪におおわれていたからである。

その様子を『大唐西域記』は次のように伝えている。

〈この国の西北へ行くこと三百余里、石の多い砂漠をすぎ、凌山《りょうざん》についた。これが葱嶺《そうれい》（パミール）の北のはじまりであり、水は多く東へ流れている。山や谷の積もった雪は春や夏も凍結していて、時に融けることがあってもまたすぐに結氷してしまう。道筋は険阻《けんそ》で寒風はすさまじく、乱暴な竜の難に出くわすことも多く、旅人を困らしている〉（同）

天山南路を西へと進むと、天山山脈からの雪解け水で育った木々が生い茂り、まさに「緑のベルト」がつづいていた（写真上）
カシュガルの街並み。近代的なビルが建ち並んでいた（写真下）

凌山はハン・テングリ山のことだが、玄奘三蔵がどの道をたどって天山山脈を越えたかは諸説があるという。しかし無事に四百余里（約二二〇キロ）の道を歩き、大清池（イシク・クル湖）に着いたのだった。

我々は玄奘三蔵のコースと別れ、天山南路をそのまま西に向かった。目的地はトムシュク。羅什と耆婆がカシミールに向かう途中に立ち

寄った、トクズサライ仏教寺院跡（二三八頁）を訪ねる予定なのである。

この地の仏教遺跡は二世紀から八世紀のもので、仏教がガンダーラ地方から西域に伝わった頃の様式をとどめているという。

車はアクスからカシュガルへつづく幹線道路をそれ、トムシュクへの道をたどり始めたが、午後四時を過ぎた頃に四度目の検問に引っかかった。私とT君は顔認証をパスしてゲートを出たが、王剛さんがなかなか出て来ない。

車の中でしばらく待っていると、

「トムシュクには行けない。ここから引き返せと言われています」

王剛さんが憮然《ぶぜん》とした顔で告げ、現地ガイドと連れ立って再び交渉に行った。猛暑の中、車中で待つこと一時間。結局検問所の命令をくつがえすことはできなかった。王さんは入国管理部の許可を得ていると主張したが、警察官たちは「上司の指示だ」と言うばかりで、禁止の理由さえ明かさなかったのである。

かくなるうえは仕方がない。我々は疲れと失意のにじんだ暗い顔を見合わせ、おとなしく指示に従ったのだった。

仏教が世界宗教に飛翔した舞台

トムシュクはかつて尉頭《いとう》国と呼ばれた。

西域三六カ国のひとつで、その歴史は漢の時代までさかのぼる。亀茲国と疏勒《そろく》国（カシュガル）の中間に位置する小さな王国で、三世紀の初頭から亀茲国の傘下に入った。

羅什や耆婆がトクズサライ仏教寺院を訪ねたのは、そうした政治的背景があってのことと思われる。クチャからアクス、トムシュクへの彼らの旅は、安全を保障された国内旅行に近いものだったのである。

やがて六世紀になると、尉頭国はトクズサライ山の南麓の高台に都を移す。そして唐王朝の支配下に組み込まれ、郁頭州となって命脈を保つが、十一世紀にはイスラム教を奉じるカラハン王朝の攻撃によって落城した。

この時、トクズサライ仏教寺院を中心とする仏教徒たちは、異教徒の侵略《しんりゃく》から国を守ろうと武器を取って立ち上がったが、強大な敵に抗する術はなかったのである。

長年シルクロードの研究をつづけておられる山田勝久先生の調査によって、城内から多数の矢じりや黒ずんだ木片、焼けただれた日干しレンガなどが発見され、戦火によって焼き払われたことが確認された。

この地ではガンダーラ語、トカラ語、塞《さい》語（ホータン語）、漢語が話され、出土する絹製品や彩絵《だみえ》陶器、精微な工芸品からは文化の高さがうかがえるという。

「東インドに発生した仏教は西北インドに伝わり、やがてパミール高原を越えて中央アジアに流伝しました。そして尉頭国や亀茲国まで来ると、中国文化の強い影響を受けるようになります。つまりクチャやトムシュクは、インド文化圏と中国文化圏の接点であり、仏教がインドの

カシュガルのホテルを出発してすぐにパミール高原の山々が眼前に現われた

民族宗教から世界宗教へと飛翔する舞台となった場所なのです」

情熱を込めて語られる山田先生から教えを受け、トクズサライ仏教寺院や王城跡を訪ねるのを楽しみにしていただけに、通行が禁じられたことが何とも無念で、愚痴《ぐち》のひとつも言わずにはいられなかった。

「いったい何が原因だろうね。トムシュクで反政府暴動でも起きたのかね」

カシュガルへ向かう車の中で、T君に語りかけた。

中国政府は新疆ウイグル自治区に外国のマスコミが立ち入ることを厳しく制限しているが、それは弾圧の実態を世界に知られることを防ぐためだというのが大方の見方なのである。

「そうですね。何があったんでしょうね」

T君は思慮深く明言をさけた。

すると助手席に座っていた王さんが、太った体を窮屈そうにねじって後部座席をふり返った。

「入国管理部と公安部は管轄《かんかつ》がちがうので、時々こ

これまで見られたのは天山山脈だったが、いよいよ崑崙山脈が視界に入ってきた

うしたことが起こります。先生のお気持はわかりますし、私もガイドとして責任を感じていますが、もうこのことには触れないでください」

王さんの気落ちした声に、私ははっと胸を衝かれた。一番悔しい思いをしているのは王さんだろうが、政府の方針には逆らえないのである。そうした現実の重みを考えることなく、部外者的な不用意な発言をしたことを、いたく反省したのだった。

午後八時、カシュガルまであと一二〇キロの地点にさしかかった。道の左手に浅い湖が広がっている。それが夕暮れの空を映して白っぽく輝いていた。

タリム盆地は天山山脈と崑崙山脈の間に広がっているが、西に向かうにつれて両者は近づき、カシュガルにおいて袋の口をすぼめたようにひとつになる。『大唐西域記』にも、〈凌山についた。これが葱嶺《そうれい》（パミール）の北のはじまりであり〉と記されているように、凌山（ハン・テングリ山）からパミール高原までは一帯の山脈だと考えられていた。

そしてこの山脈からの雪解け水は東に流れ、目の前にあるような広々とした湖やカシュガル河、ホータン河、タリム河となり、西域三六カ国の基盤となるオアシスを生み出した。オアシスの面積はタリム盆地からタクラマカン砂漠を引いた分、およそ二四万平方キロメートル。日本の本州とほぼ同じ広さなのである。

午後十時十分。入市前に六度目の検問を受けてから、カシュガルの月星建国飯店というホテルに着いた。

ロビーでウイグル人ガイドのトルシンジャンさんが出迎え、歓迎の食事会をしたいと言ってくれたが、私にはそんな元気は残っていなかった。

簡単な食事をすまして部屋に入ると、シャワーもあびずにベッドに倒れ込んだのだった。

ウイグル族最西端の村を訪ねる

翌日、午前八時四十五分にホテルを出発。パミール高原の道を通ってタシュクルガンに向かった。

すでに記した通りパミール高原は天山山脈、崑崙山脈、カラコルム山脈、ヒンドゥクシュ山脈が山合う所で、世界の屋根と呼ばれている。

カシュガルからパミール高原を南に横切る国道三一四号は、クンジェラーブ峠を越えてパキスタンにつづいているので、中パ友好道路と呼ばれている。

「タシュクルガンはクンジェラーブ峠の手前にある町で、タジク族が三万人ほど住んでいます。タジキスタン、アフガニスタン、パキスタンと国境を接しています」

トルシンジャンさんが流暢《りゅうちょう》な日本語で説明してくれた。

小柄でスリムな体付きで、「U.S.A.」というヒット曲を飛ばしたDA PUMPのISSAにどことなく似ている。日本語を学ぶために栃木県宇都宮市に三年間留学したことがあり、ウイグルの民族音楽を知ってもらうために仲間たちとコンサートを催していたという。

「音楽とダンスと語学はウイグル人の得意とするところです。みんな三カ国語くらいは普通に話せます」

それはアジアとヨーロッパを結ぶ交通の要衝《ようしょう》に位置していて、多くの民族が行き交っていたからだろう。

彫りが深く鼻筋が通った顔立ちは西アジアの、音楽とダンスの好みはインドの影響を受けているようである。

車で一時間ほど走ると、疏附県肖塔村《そふりんしょうとうむら》に着いた。道の両側には店が軒を並べ、服や薬草、肉や果物などさまざまな品を売っている。

食堂の数も多く、店先で焼くシシカバブがおいしそうな匂いと煙を上げている。

「ここがウイグル最西端の村で、この先はキルギス族、タジク族が住んでいます。おいしい店があるので弁当を作ってもらいましょう」

トルシンジャンさんが馴染みの店に案内してくれた。

厚みのある大鍋で羊肉や野菜を入れたチャーハン（二五一頁）を炒《いた》めている。一〇人前くらいはありそうな量だが、パックに入れて店先に出すと飛ぶように売れる。

おいしさの秘密は上等の羊肉と、強火で素早く炒める技術にあるようだ。店に立ちこめる香りだけでも食欲をそそられるほどで、年若い女性の店員もエキゾチックな顔立ちをして愛想がいい。

「でき上がるのを待つ間、ナンの店に行きましょう。この地方独特の焼き方をしていますから」

案内されたのは路地の入口にある店だった。店先に高さ一メートル、直径一メートルくらいの鉄の釜がすえてある。釜の入口は狭く、肩を張る形に広がって円筒形になっている。中の熱を外に逃がさないための工夫である。

ウイグル族が暮らす最西端の村（肖塔村）で、
売られていたナン（写真上）。
ナンを窯に入れている様子（写真中）。
窯の壁に張り付けられたナン（写真下）

この釜の中で炭を焚《た》いて内側を熱し、ドーナツ形のナン（直径一五センチほど）を内壁に張り付ける。すべての面に張り付けたなら釜のふたをして、下から火を焚いて仕上げるのである。

店先は製造工場となり、家族総出といった感じで分業をしている。小麦粉を練る者、ナンの形をととのえる者、釜に張り付けたり焼き上がりを取り出す者、火を焚く者、ナンを売る者……。

この中で一番の重労働はナンを張り付けたり取り出したりする仕事だが、主婦とおぼしき四十がらみの女性が担当していた。

釜の中に腕を突っ込み、顔を真っ赤にして熱さと窮屈さに耐えながら、手早くナンを張り付けていく。

（あれはさぞおいしいことだろう）

私は手際の良さに敬服しながら、飽きずに女性の仕事ぶりをながめていたのだった。

村の飲食店「艾斯凱爾」。このチャーハンが昼のお弁当になった（写真上）
路地には大きな西瓜などたくさんの果物が並んでいた（写真下）

第9回　パミール高原

神秘の湖・カラクリ湖へ

ナンが焼き上がるのを待って、ひとついただいた。

一個は一元（約一八円）。塩味と胡麻《ごま》味があるという。胡麻に「胡」という文字が用いられていることから分かるように、元々胡国《ここく》（中央アジア）が原産地なのである。

シンプルな塩味を食べてみたが、想像以上においしかった。ドーナツ形にしているので熱が均等に通ってふんわりと焼き上がり、さくさくとした食感で、小麦の味がしっかりとする。

頼んでいたチャーハン弁当も出来上がり、我々はタシュクルガンに向かって出発した。標高約四〇〇〇メートルのスバシ峠を越える三〇〇キロの道程《みちのり》である。

走るにつれて左右の山が険しくなり、雪の尾根に近付いてゆく。肖塔村《しょうとうむら》の標高が約二〇〇〇メートルなので、スバシ峠まではあと二〇〇〇メートルを登ることになる。

日本国内では体験できない高さで、高山病に対処するために車には黒い空気枕のような酸素

ボンベが用意してあった。

「凄《すご》いですね。鳩摩羅什《くまらじゅう》も玄奘三蔵《げんじょうさんぞう》も、この道を歩いたと思うと感激もひとしおです」

T君には彼らが歩く姿が見えているらしい。風景の中にその記憶をとどめようと、さかんにシャッターを切っていた。

やがてブルンクル湖に着いた。かつてこの一帯には湖がいくつもあったが、強風で砂が吹き込んで埋まり、この湖だけが残った。

強風の威力がどれほど凄《すさ》まじいかは、対岸の山が砂で白くおおわれていることからうかがえる。白沙湖《ペクサフー》という中国名も、白い砂が降り積もっていることに由来する。六年前（二〇一三年）からは水力発電用のダムとして使われているという。

標高は約三二〇〇メートル。湖のほとりには黒い毛におおわれたヤクが放牧されていた。ヤクは四月に入山し十月には下山するが、その間は放置され、草などを食べて気ままに暮らすのである。

湖畔には小さなプレハブで造ったみやげ物屋が、びっしりと立ち並んでいた。遊牧民に新たな仕事を与えようと、中国政府が設置したものである。

ところが当の住民たちにはあまり働く気がないようで、外に出て皆でトランプに興じていた。放牧で暮らしてきた人たちには、営業時間内にしっかり働いて売り上げを伸ばそうという観念はないようである。

少し目まいがしてふらふらするのは、高山病のためらしい。我々はあたりの雄大な景色をな

がめながら、体が気圧になれるのを待つためにしばらく休息した。

晴れていれば東側にコングール山（七六四九メートル）が見えるというが、残念ながら灰色の厚い雲におおわれていた。

ブルンクル湖から南に四〇キロの所にカラクリ湖がある。標高約三六〇〇メートル。崑崙《こんろん》山脈の氷河から溶け出した透明な水をたたえた美しい湖である。

国道314号線のサービスエリアから見たパミール高原。
ここではまだ晴天だったが……（写真上）
ブルンクル湖。対岸には砂におおわれた山が見える。
標高が上がるにつれて曇り空になってきた（写真中）
ブルンクル湖畔でトランプに興じる人たちを見つめる著者（写真下）

ブルンクル湖畔のヤクの群れ。超高冷地に暮らす人々に欠かせない家畜だ（写真右）
肖塔村で買った弁当。初体験の標高と絶景のカラクリ湖畔での昼食となった（写真左）

「カラクリとはウイグル語で『黒い湖』という意味です。水が澄みきっていて黒く見えるので、この名前がつけられました」

ガイドのトルシンジャンさんが説明してくれた。

晴れた日には雪をかぶったムズターグ・アタ山（七五四六メートル）やコングール山が黒い湖面に映るので絶景だというが、二つの山とも雲におおわれていた（二五八頁）。

「今日はこんな天気ですが、明日カシュガルに帰る時にはきっと晴れます。大丈夫」

トルシンジャンさんはガイドの面目にかけて晴天にしてやると言いたげだった。

時計は午後一時を指している。標高三六〇〇メートルにも順応した我々は、チャーハン弁当を残さず食べた。「神秘の湖」をながめながら生涯最高地で食べた弁当は、忘れられない味となった。

鳩摩羅什も玄奘三蔵もこの湖のほとりで疲れた足を休めたはずである。その時には、空は晴れていただろうか。

スバシ峠を越えて石頭城へ

スバシとは「水源」という意味だと、スバシ故城を訪ねた時に教わった。スバシ峠も同じ意味で、崑崙山脈の雪解け水がこのあたりから流れ出していることに由来する。

峠を越えて道を下っていくと、東西に走る山脈の間に盆地が広がっている。標高約三一〇〇メートルの低湿地に築かれたのがタシュクルガンの町で、タジク人を中心とする三万人ほどが暮らしている。

タジキスタンの国境までは三〇キロ弱の距離で、かつては遊牧民が自由に往来していたという。

宿泊予定の前海国際大酒店で一時間ほど休み、石頭城《せきとうじょう》（二五九、二六二頁）の見学に出かけた。すでに午後五時を過ぎていたが、現地の時間ではまだ午後三時くらいの感じである。

来た道を車で一五分ほど引き返した所に石頭城はあった。漢代に西域三六カ国のひとつに数えられた蒲犁国《ほりこく》の王城だった所で、タシュクルガン（石の城）の地名の由来にもなった。清の時代に町をホテルがある場所に移したために、今は小石だらけの河原のような荒涼たる景色の中にぽつんと取り残されている。

城は外城と内城に分れていて、周囲四キロ弱の外城は町を囲む城壁。それよりわずかに高くなった丘にある内城が王宮だった。

外城の城壁や住宅は完全に壊されてガレキの山になっているが、周囲約一三〇〇メートルの内城は保存状態が良く、日干しレンガで造った城壁や城門が往時の堅牢《けんろう》な姿を保っている。

この城はカシュガルからカシミールへ通じるシルクロードに面した枢要《すうよう》の地にある。中国の絹やホータンの玉《ぎょく》は、この道を通りクンジュラブ峠を越えて西アジアやインド、ヨーロッパに運ばれた。

漢や唐にとって、その経済的重要性は大きく、頑丈な城を築き多くの守備兵を配して支配を強化したのである。

城の東にはタシュクルガン河（ヤルカンド河）が流れている。扇状地状《せんじょうちじょう》の低湿地で、水は幾筋かの細い流れを保っているばかりである。

ここには春になると若草が生い茂り、放牧地として利用されていた。ところが近年では政府によって放牧が制限され、遊牧民たちは定住を強《し》いられているという。

「あそこに新しい家が建ち並んでいるでしょう。パオに住んでいた遊牧民たちは、政府が建てたあの家に移り、新しい仕事をするよう命じられたのです。ですから従来の伝統や生活様式を少しずつ失いつつあります」

トルシンジャンさんが指差す先には、赤い屋根に白い壁の小さな家が建売り住宅街のように建ち並んでいた。あるいはここに住む人たちは、ブルンクル湖畔にあったようなみやげ物屋に働きに行っているのかもしれない。

政府も観光誘致に力を入れているようで、放牧地だった所に板を並べて遊歩道や屋外ステージ

を造っているが、おそらく長持ちはしないだろう。冬場にはマイナス二〇度Cになるのだから、メンテナンスをつづけられるとは思えないのである。

「神秘の湖」といわれるカラクリ湖(標高3600m)。
ムスターグ・アタ山は厚い雲におおわれていた

『法華経』成立のきっかけ

玄奘三蔵がこの地に立ち寄ったのは、西域での修行を終えて長安にもどる途中だった。その時の様子を『大唐西域記』(平凡社)に次のように記している。

〈朅盤陀《カルバンダ》国は周囲二千余里ある。国の大都城は大きな岩山に基礎を置き、徙多河《ヤルカンド》を背にしており、周囲二十余里ある。山々が連なり、川原は狭隘《きょうあい》で、穀作は僅かで、菽《まめ》・麦が豊富である。樹木は稀で、花・果は少ない。丘も野も荒れはて、城《まち》や村も住民は少ない〉

実際に現地を訪ねてみると、玄奘三蔵の観察眼と描写力の確かさがよく分かる。

中国三大石頭城遺跡として名高いタシュクルガンの
石頭城(標高約3100m)の内城の城壁

石頭城の東にはタシュクルガン河によってつくられた
扇状地状の低湿地が広がっている

さらに人々の様子について、次のように記している。

〈俗《ならい》として礼儀なく、人々には学芸も乏しい。性質は荒々しく、武力の点でも驍勇《ぎょうゆう》である。容貌は醜く、氈《もうせん》や褐《けおり》を身に着けている。文字・言語は、おおむね佉沙国《カーシャ》（疏勒《そろく》国＝カシュガル）と同じである。さりながら信仰は心得て、仏法を尊崇している。伽藍は十余カ所、僧徒は五百余人、小乗教の説一切有部を学習している〉

玄奘三蔵はどの町を訪ねても伽藍や僧徒の数を律儀に書き留めているが、これは僧侶としての興味からばかりではないようだ。その数が文化の成熟度を示すバロメーターのように考えられていたのだろう。

これにつづいて面白い記事があるので、現代風に意訳して紹介させていただきたい。

〈城より南東に一五〇キロほど行くと、大きな岩壁があります。そこに二つの石窟があり、それぞれ一人の羅漢が即身成仏し、端然と座って動かし難い様子をしています。その姿はやせた人のようで、死骸は少しも傷んでいません。すでに七〇〇余年を経過していますが、その鬚《ひげ》や頭髪は常に伸びています。それ故、僧たちは毎年、この羅漢の髪を剃り衣服を取り換えています〉

これは伝聞を記したものだろうが、西域では厳しい苦行によってこうした奇跡が実現すると信じられていた証左《しょうさ》である。

我々はこれまでいくつもの石窟を訪ねてきたが、こうした行場が造られた背景には、奇跡を生むほどの苦行によって真の悟りに至りたいという願望があったのだろう。

それは出家者でも阿羅漢《あらかん》（声聞の修行の階位の第四であり、その最高の覚りの境地）にまでしかな

れないと説く、小乗仏教（上座部仏教）に対する反発と抵抗が、人々の胸の内にあったからではないだろうか。

そして人間すべてが悟りに至るべきだという心情が、仏陀《ぶつだ》の真の悟りを伝える『法華経』を成立させるきっかけになった気がするのである。

「人間は在りのままで尊い」という確信

石頭城の入口には、入場券をチェックするゲートとみやげ物売り場があった。

その側にはシルクロード資料コーナーがあり、古代の旅人がどんなコースをたどっていたかを示す地形の模型があった。二メートル四方ほどの立派な造りで、道を赤い線で描き、場所を示す小さな標識を立てている。

造った方々の熱意と苦労が伝わる模型を指揮棒で指しながら、学芸員の方が説明してくださった。

「石頭城は今から一六〇〇年前に、タジク人やキルギス人の王が築いたと伝えられています。その頃は遊牧民の国家で、騎馬隊の力によってシルクロードを支配していたことでしょう」

女性学芸員の言葉を王剛《ワンガン》さんが通訳してくれた。

タシュクルガンから国境のクンジュラブ峠までは約一二〇キロ。峠の標高は四六九三メートルだという。

タシュクルガンの石頭城はかつて東西交通の要地として栄えた

「峠はここですが、今でも五月一日から十一月末までしか通れません。峠以外の所には万年雪があって、一メートル以上積もっています。ですから鳩摩羅什や玄奘三蔵の時代には、夏の間の二、三カ月しか通れなかったはずです」

なるほど。玄奘三蔵が往路に天山北路を選んだのは、この峠を越えることができないと分かっていたからかもしれない。

一年のうちに三カ月しか通れないようでは、シルクロードの隊商たちも遠回りをしてでも天山北路を選んだのではないだろうか。

つまり天山南路や西域南路は、灼熱《しゃくねつ》の夏にしか使えなかったということである。

「確かにその通りかもしれません。しかし通行可能な三カ月の間に、多くの隊商たちはこの道を通って西へ向かおうとしたはずです。それはシルクロードを管理する者にとっては、都合が良かったのだと思います」

隊商から通行税を取っていたはずだし、宿屋も酒場も

タシュクルガンの街並み

商店も大繁盛で、一年分の喰い扶持《ぶち》を稼ぐことができた。そうして他の季節はのんびりと暮らしてきた伝統が、この町の人々の気質を育《はぐく》んだのかもしれない。

実はブルンクル湖畔のみやげ物屋でトランプをしている人たちを見た時、私は温かい懐しさにとらわれていた。あの人たちの欲のない善良さが、子供の頃に過ごしていた山奥の村のおじさん、おばさんによく似ていたからである。

今から六〇年近く前には、山村の暮らしにお金はほとんど必要なかった。食料は自給自足であり、子供の服や教科書などは集落の中で順送りに使っていた。田植えや稲刈りなども、互いに融通し合って共同作業で終らせた。

両親の世代は小学校しか出ていない人たちが多かったが、底抜けに明るく善良だった。むろん貧しく苦労も多かったが、誰もが貧しく互いに助け合っていたので、それほど不幸だと思うこともなかった。

そんな暮らしぶりが、みやげ物屋の人々の姿と重なったのである。

玄奘三蔵は〈俗《ならい》として礼儀なく、人々には学芸も乏しい〉と言うが、礼儀や学芸に何ほどの価値があるだろう。仏陀が世の礼儀に縛られ、悟りに至るために万巻の書物を読んだだろうか。そうではあるまい。彼はただ世の無常に対する感受性が人一倍鋭く、それを克服する道を求めて愚直なばかりにひたむきに己れと向き合った。そして己れを通して宇宙の真理にまで到達《とうたつ》したのである。

そうして得たのが「人間は在《あ》りのままで尊い」という確信であり、その確信を得ることですべての執着から解き放たれたのだと思われる。

できればクンジュラブ峠まで行って様子を確かめたかったが、すでにその時間は残っていなかった。我々はホテルの近くまで戻り、町の食堂で夕食をとった。

メニューは麺の炒め物とシシカバブと水ぎょうざ。シシカバブは相変わらず絶品である。柔らかく滋味《じみ》豊かで焼き加減も素晴らしい。ビールが欲しいところだが、高山病を警戒して控えることにした。

近くのテーブルでは四人の女性が会食をしていた。目が大きくふくよかな頬をしたスラブ系の顔立ちで、帽子をかぶった人とそうでない人がいる。

「帽子をかぶった人は奥さんです。タジク人の女性は、結婚していることを示すために帽子をかぶります。今は黒い肌になっていますが、生まれた時はみんな真っ白です」

みんなきれいだよ、と言いたげにトルシンジャンさんがウインクしてみせた。

タジク人はヨーロッパ系の白人なので白い肌で生まれるが、日焼けや雪焼けをして黒くなる

「ところが携帯電話を持っていないので、通じないそうです」

憤《いきどお》る二人に、ドライバー氏もたじたじである。

こんなことで貴重な時間を無駄にするわけにはいかないと、警察署に行って直談判することにした。応対に出た若い警察官は同じ説明をくり返すだけである。

「その担当者は、いつ出勤してくるんですか」

「それは分かりません」

「それなら我々が彼の家まで迎えに行きます」

「自宅を教えることはできません」

T君たちはそんな押し問答をつづけているが、トムシュクでの一件を反省していた私は、何も言わずに成り行きを見守ることにした。

警察はなぜこんな理不尽なことを言うのだろう。ドライバー氏が彼らを怒らせるような粗相《そそう》をしたのか、それとも許可証が欲しければ袖《そで》の下をよこせと暗に催促《さいそく》しているのか。

あるいは夏の間にシルクロードを往来する隊商たちを大量にさばき、許可するかどうかはこちらの気分次第だぜ、というような対応をしてきた民族の血が、極東から来た旅人を前にして騒ぎ出したのではあるまい

天空にそびえるムスターグ・アタ山。著者の背中あたり、遥か遠くに見える雪山がコングール山

か……。

そんなことを考えているうちに、きっと玄奘三蔵も関所でこんな嫌な目にあったのだろう。だから『大唐西域記』で、この国のことを酷評《こくひょう》しているのではないかと思い至った。

足止めされること二時間ばかり。事件はあっけなく解決した。

若い警察官が通行証を持参し、

「担当者の上司が出勤し、心当たりの所を捜してみたら出てきた」

そう言ったのである。

「そんな子供だましのような嘘《うそ》が通用すると思っているのか。この二時間の遅れをどうしてくれるんだ」

そう怒鳴りつけたいところだが、我々はおとなしく通行証を受け取ってタシュクルガンを後にしたのだっ

た。

「いったい何なんでしょうね。何の目的があってあんなことをしたんでしょうか」

温厚なT君が珍しく怒りを引きずっていた。

「こういう体験も貴重だよ。我々はあまりにも便利で合理的な社会に生きて、本能を麻痺《まひ》させている。人間はもともと矛盾のかたまりだから、不条理に寄り添う目を持ち、それを昇華する作品を生み出すことが大切なんだ」

私は改めてそんなことに気付かされたのだった。

スバシ峠にさしかかる頃には青空が広がり、ちぎれ雲が浮いていた。そして峠を登りきった時、雪におおわれたムズターグ・アタ山が目の前にぬっと姿を現わした。

私は驚きに一瞬言葉を失った。

異様なばかりの迫力である。山頂に白い雲がかかり、雪と一体となって山を大きく見せている。太古の隆起《りゅうき》の跡をとどめる岩肌の間を、何千年も解けたことのない氷河がおおい、こちらに向かって流れ下ってくるようである。

はるか遠くにはコングール山が雪におおわれた三角の山頂を、空に向かって突き立てている。予想もしていなかっただけに、驚きと感動は何倍も大きかった。明日は晴れると言ったトルシンジャンさんの予言は、見事に当たったのである。

「出発が二時間遅れたから良かったのですよ。禍福《かふく》は糾《あざな》える縄の如しです」

トルシンジャンさんはいささか得意気に、古いことわざを披露したのだった。

第10回　奈良と西域

ローマと奈良の中間にあった疏勒国

カシュガル市まで戻ったのは夕方の五時頃だった。

天山《てんざん》山脈のふもとに位置するオアシス都市で、タクラマカン砂漠の最西端に位置している。中華人民共和国の西のはずれでもある。

標高は約一二〇〇メートル。古くからシルクロードの中継都市として栄え、多くの民族が争奪と興亡をくり返してきた。

古くは疏勒国《そろくこく》と呼ばれるオアシス国家だったが、モンゴル高原を統一した匈奴《きょうど》の支配下に組み込まれた。次いで前漢の武帝が紀元前二世紀頃に匈奴を追い、西域都護府《とごふ》を設置した。

やがて漢が衰退《すいたい》すると柔然《じゅうぜん》や突厥《とっけつ》などの北方民族がタリム盆地に勢力を伸ばし、七世紀には唐が安西都護府を設置してこの地を治めることになる。

そうした激動の中でも疏勒国は巧みな外交によって命脈を保ち、天山南路の亀茲《きじ》国や焉耆《えんき》国、

カシュガルにある中国最大のモスク・エイティガール寺院。
約8000人も入れる巨大な教経堂ある

高昌《こうしょう》国、西域南路の于闐《うてん》国や鄯善《ぜんぜん》（楼蘭《ろうらん》）国などと共に、シルクロードの交易を支えてきた。

タリム盆地を支配した勢力の狙いは、交易から上がる莫大《ばくだい》な収入を吸い上げることである。そのためには交易の技術に長《た》けたオアシス国家を存続させたほうが得策だと考えたのだった。

玄奘三蔵《げんじょうさんぞう》もインドから帰国する途中にこの地に立ち寄り、次のように記している。

〈佉沙《カーシャ》（疏勒《そろく》）国は周囲五千余里ある。砂漠が多く土壌は少ない。農業は盛大で、花・果は繁茂している。細い氈《フエルト》や褐《けおり》を産出し、細い氎や氍毹《くゆ》（手氈）を巧みに織る。気候は和やかで、風雨は順調である。人の性質は乱暴で、俗《ならい》として詭《いつわ》りが多く、礼義は薄く学芸は平凡である。（中略）篤く仏法を信じ、福徳利益の行に精励している。伽藍《がらん》は数百ヵ所、僧徒

は一万余人、小乗教の説一切有部を学習している〉（『大唐西域記』平凡社）
花・果は繁茂しているとある通り、カシュガル市は今でもモモ、ブドウ、イチジク、アンズなどの産地として知られている。また絨毯《じゅうたん》の有力な生産地でもある。

シルクロードの西の端はイタリアのローマ、東の端は日本の奈良だと言われるが、興味深いのはカシュガルが両者の真ん中に位置していることだ。

シルクロードを旅した人々も訪れたであろう、
カシュガルの旧市街にある職人街

職人街の蹄鉄屋。馬を利用してシルクロードを往来した人々に
とって蹄鉄は必需品だった。店先に置かれていた蹄鉄（写真下）

また、パミール高原を越えてインダス川の上流に出れば、海の交易路とつながることもできる。ユーラシア大陸の陸路と海路を結ぶ要地なのである。

カシュガル市の現在の人口は約三五万人だが、カシュガル市を含むカシュガル地区の大都市圏の人口は約一二〇万人にのぼる。その八〇パーセントがウイグル族だという。

最初にイスラム教の寺院であるエイティガール寺院（二七〇頁）を訪ねた。

西暦一四四二年頃に建てられた中国最大のモスクで、黄色のレンガで造った建物の中央には、高さ四・七メートル、幅四・三メートルのアーチ形の玄関がある。

玄関の両側には高さ約一八メートルの宣礼塔があり、塔のてっぺんには細い新月が飾られている。

中に入ると大きな庭があり、うっそうたる木々におおわれている。庭の中央には池もあり、両側には説教を聞くための教経堂がある。

床に布を敷きつめた広々とした空間で、イスラム教徒たちは身分のへだてなく礼拝する。エイティガールとは「祝日に礼拝を行う場所」という意味である。

寺院の前には大きな広場があり、参拝客を目当てにしたみやげ物店が軒を並べている。広場の一画には巨大なスクリーンが設置され、習近平《しゅうきんぺい》国家主席の姿が大きく映し出されていた。まるでイスラム教の神と張り合うかのようで、画面には「中華民族を創設しよう」という文字が記されている。

民族とは人種のことではない。言語や生活様式、価値観などを共有する共同体のことだから、

楽し気な様子で踊る男女。ウイグル族は歌と踊りに長じた民族として知られている

中国政府は「中華民族」という概念《がいねん》によって人種的な対立を乗り越えようとしているのである。

インド文化圏だった疏勒国

エイティガール寺院の裏手には職人街（二七一頁）が広がっている。

日干しレンガの二階屋が整然と並び、一階は作業場と製品を売る店、二階は住居になっている。

銅鍋、蹄鉄《ていてつ》、板の曲げ物、絨毯、衣類、アクセサリーなど、多種多様な店が並んでいて、職人たちの仕事ぶりを間近で見ることができる。

まるで東京の浅草寺《せんそうじ》界隈《かいわい》のような活気に満ちた雰囲気だが、気になるのはあまりに美しく整った二階屋とレンガ張りの道である。

「ここは政府が金を出し、観光地として整備したのです。便利にはなったかもしれませんが、

昔のような風情《ふぜい》はなくなりました」
ガイドのトルシンジャンさんがそう言って知り合いの蹄鉄屋（二七一頁）に案内してくれた。熱した鉄を鎚《つち》で打って形をととのえ、馬の蹄《ひづめ》を守るためのU字形の蹄鉄を造る。まるで童謡「村の鍛冶屋」のような仕事ぶりである。

天山南路を往来する馬の足を守るため、カシュガルには古くから多くの蹄鉄屋があったが、今では残っている店は数少ないという。

この日がカシュガル最後の夜である。トルシンジャンさんともお別れなので、歌って踊れるレストランに案内してもらった。

中央にホールがあり、テーブルは壁の側に置いてある。客はテーブルで食事をし、興が乗ったなら店でかける音楽に合わせて踊ることができる。

むろん我々にそんな芸当はできないが、歌と踊りと語学に長《た》けているというウイグルの人々の楽しみ方を見てみたかった。

食事はここ数日なじみのメニュー。麺類、野菜と鶏肉の炒《いた》め物、羊のスープやシシカバブである。シシカバブは相変わらず絶品で、この味を舌が覚えている間は、日本で同じ料理を食べても満足することはないだろう。

「それは牧草のせいですよ。塩分の多いアルカリ性の土地で育った草を食べた羊の肉は、臭みがなくて柔らかいのです」

トルシンジャンさんが誇らしげに説明してくれた。

数百万年前に海底から隆起した塩分の多い地層が、そうした恩恵《おんけい》をこの地にもたらしているのである。

「タリム盆地は麦の栽培《さいばい》にも適しています。小河墓《しょうがぼ》遺跡からは三八〇〇年前の麦の種が発見されています。トルコからメソポタミアを経てこの地に伝わったのです」

楼蘭《ろうらん》に近いこの遺跡からは、ミイラも数多く発見されている。その中には四〇〇〇年前のミイラもあり、ＤＮＡ鑑定によって東洋人と白人の混血であることが分かった。

すでにその頃から東西の交易が行われ、人種が融合して独自の文化がきずかれていた可能性があるという。

「遺体は胡楊《こよう》の棺《ひつぎ》に入れて砂漠に埋めますから、いつまでも腐らないのです。明日ウルムチの博物館に行かれるなら、ぜひ楼蘭の美女を見てください。今はかなり黒く変色していますが、私が一九八六年に見た時には肌が白くて生きているようでした」

やがて客も増え、ホールで踊りだす人たちが出てきた。

男女二人が両手を広げて向き合い、速いテンポでステップを踏みながら愛敬のある仕草をしたり体を入れ替えたりする。

旋律《せんりつ》もリズムも体の動きもインドの歌や踊りによく似ていて、私はインド映画「ムトゥ踊るマハラジャ」を思い出した。

ここがインド文化圏だとは、玄奘三蔵も『大唐西域記』の中で記している。

〈使用する文字は印度に手本を取っており、省略・改変はあるがよく印度の様式筆法を保存し

2013年に世界自然遺産に登録された天池。緑豊かな山岳地帯の風景が心を和ませてくれた

ている〉

鳩摩《くま》羅什《らじゅう》もカシミールからの留学の帰り、疏勒に一年間ほど滞在している。西暦三六一年のことで、羅什は十二歳であった。

この地で羅什は須利耶蘇摩《すりやそま》という大乗仏教に通じた僧侶と会った。小乗仏教（上座部仏教）の徒であった羅什は蘇摩と大小二乗の優劣をめぐって議論をくり返し、ついに大乗仏教に理があると悟ったという。

「私が昔小乗を学んで信奉していたのは、たとえば人が金《きん》の存在を知らずに銅を最上のものと思い込んでいたようなものであった」

羅什はそう嘆いたと伝えられるが、カシュガルにおけるこの覚醒が、後に『法華経』などの大乗経典を翻訳して中国に伝えるきっかけとなったのだった。

ウルムチにある新疆国際大バザール。建物はイスラム様式だ

なぜ阿倍仲麻呂は唐で他界したのか

その夜、なかなか眠れなかった。

明日は出発が早いので睡眠《すいみん》を取っておかなければと思うものの、妙に気持が高ぶってさまざまな想念が浮かんでは消えてゆく。

気持も思考もリフレッシュして活性化しているようである。天山山脈やパミール高原の雄大な自然と悠久《ゆうきゅう》の歴史に触れ、自分の小ささを思い知らされたことが、もっと高みを目ざしたいという反発のバネを働かせてくれたようだった。

眠れぬまま横になっていると、山田勝久先生に教えていただいた唐の詩人王之渙《おうしかん》の詩の一節が脳裡をよぎった。

千里の目を窮《きわ》めんと欲して
更に上る　一層の楼《ろう》
（「登鸛鵲楼《かんじゃくろうにのぼる》」より）

人間は小さい。できることは一層の楼を上がることくらいだが、それでも全宇宙を体現した、在《あ》りのままで尊い存在なのである。そんな実感に目はますます冴《さ》えていく。これではとても眠れそうにないので、仕事のことを考えることにした。

旅の間も連載中の仕事は待ってくれない。ホテルで早起きしたり列車で移動しながら二つの締切りを片付けたが、ずっと頭にひっかかっているもうひとつの問題があった。

二〇二一年から日経新聞朝刊で阿倍仲麻呂《あべのなかまろ》の小説を書くことになっている。その構想や資料調べなどをしているところだが、小説の肝《きも》とも言うべき問題が解決できていなかった。

仲麻呂はなぜ唐に留学し、日本に戻らないまま唐で他界したのか？

一般的には遣唐留学生として西暦七一七年に唐に渡り、一度目の帰国のチャンスには玄宗皇帝の許可が得られず、二度目には帰国船に乗ったものの嵐にあって安南《あんなん》（ベトナム）に漂着した。だから帰国できなかったと考えられている。

確かに史料にはそう書かれているが、小説とは人間の意思と生き様を描く仕事である。仲麻呂の内面にもっと深く踏み込み、帰国を断念してでも成しとげようとしたことがあったと考えたい。

たとえば長安《ちょうあん》で家庭を持っていたことも理由のひとつであろう。遣唐留学生たちは一期二〇年近い留学生活をおくる間に、現地で結婚し家庭を持っていた。

唐の朝廷もこれを歓迎して支援を惜しまなかったが、帰国する時に妻を連れ帰ることは禁じていた。子供はいいが妻は駄目なのである。

そのために妻を捨ててまで帰国したくはないと、感受性豊かな詩人であった仲麻呂が考えたとしても不思議ではない。
帰国の途中に遭難《そうなん》したことも、妻を捨てるなという天命だと受け取ったかもしれないのである。

(これはこれで、ひとつの動機になるだろうが……)

もっと日本と唐の関係の根本に関わる理由を設定できないものか。眠れないままに考えを巡らしていると、深い海の底から泡《あぶく》が立ち昇るようにひとつの着想が浮かんだ。

(そうか。これなら)

歴史的にも説得性があるし、仲麻呂があれほど玄宗皇帝に接近した理由の説明にもなる。そう思うなり飛び起きて、明け方まで構想を書き連ねたのだった。

翌朝五時半にホテルを出てカシュガル空港に向かった。出発は午前七時二十分。幸い空は晴れていて、天山山脈やその北側のアルタイ山脈までよく見えた。

一面の砂漠と岩の山がつづく景色の中で、山脈の尾根をおおった万年雪の白さが鮮やかだった。

チンギスハンの騎馬軍団は、あのあたりを疾走《しっそう》したのだろう。昨夜の興奮《こうふん》さめやらぬまま、そんなことを考えていた。

「企画してくれてありがとう。お陰でいい旅になったよ」

隣に座ったT君に、懸案が解決したと告げた。

新疆国際大バザールにある絨毯を売る店では、女性が真剣な眼差しで機(はた)を織っていた

「そうですか。それは良かったですね」

「今はまだ詳しいことは言えないけど、手応え充分だよ。心身ともに活性化しているのは、このあたりがパワースポットだからかもしれないね」

「そうですね。初めて来たのに、どこか懐かしい感じがするのはなんででしょうね」

　T君はまるで魂の源境のようだと言い、別れを惜しむように眼下にレンズを向けていた。

「なんだか不思議だね。若い頃に行ったインドの旅のつづきをしているような気がするよ」

　あの旅が私に作家への道を歩き出す決断をさせてくれた。今度の旅もそれと同じくらいのインパクトがあって、気力と使命感を呼び覚ましてくれたのだった。

日本と西域は大唐文化圏内だった

午前九時二十分、ウルムチ地窩堡国際空港に着いた。

ここで軽い朝食と休息をとり、天池《てんち》（二七六頁）へ向かった。天山山脈の東の端にあるボゴダ山（標高五四四五メートル）のふもとにある氷河湖である。

湖の標高は一九〇七メートルで、中国のスイスと呼ばれる景勝地である。

車で一時間ほど走ると天池駐車場に着いた。ここから先は専用のバスに乗り換え、森の中のつづら折れの道を登って天池に向かった。

何の変哲もない杉林だが、砂と岩の山を何日も見つづけてきたので、緑におおわれた山がひ

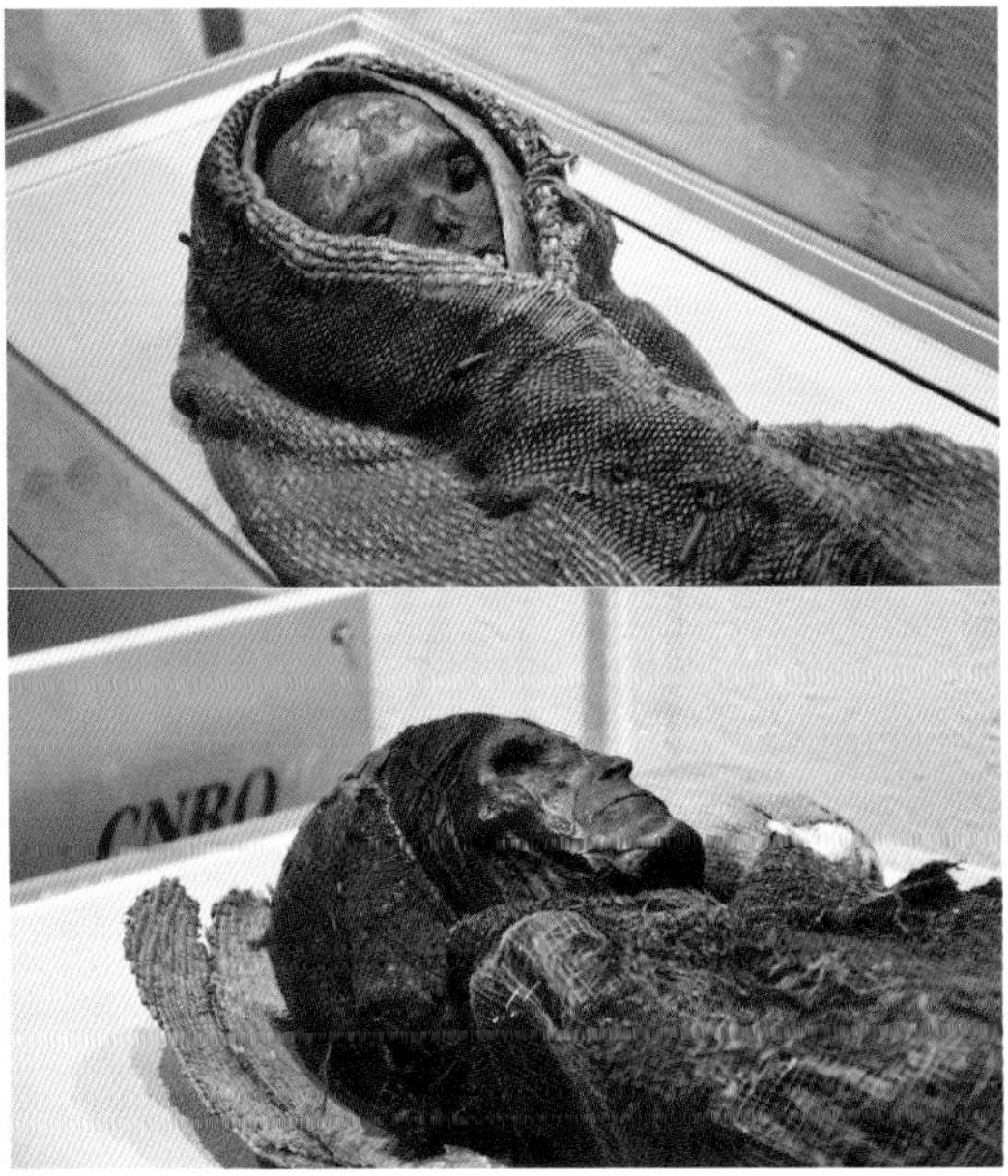

およそ3800年前に埋葬された子供のミイラ（写真上）
「楼蘭の美女」と呼ばれる女性のミイラ。死亡時の年齢は約40歳、身長は155㎝と推測されている（写真下）

ときわ有難く思えた。

石窟の壁画に、仏陀《ぶつだ》が修行した山を緑の三角形で描いてあるのを数多く見たが、タリム盆地に住む人々にとって緑におおわれた山は特別な存在なのだと改めて思った。

バスガイドはカザフ人の若い娘さんで、色が白く器量良しである。

同じバスに乗り合わせた広州《こうしゅう》からのツアー客は、彼女の中国語の発音がおかしいと、みんなで愉しげにからかっていた。

「天池のあたりではカザフ族が放牧をしていました。しかし観光地にするために下の村に移住させられたのです」

だからバスガイドやみやげ物売り場で働くようになったのだと、王剛《ワンガン》さんが教えてくれた。

雪におおわれたボゴダ山の切り立った姿も、深く水をたたえた天池のたたずまいも見事である。

この湖は西王母《せいおうぼ》が龍を退治して造ったという伝説があるが、そうした想像をかき立てる神秘的な雰囲気に満ちていた。

市内に戻り、新疆《しんきょう》国際大バザール（二七七頁）に行った。さすがにウルムチ市は大都市で、中央アジアのハブ空港として発展しようとしているだけのことはある。

バザールには絹織物や絨毯、香辛料やドライフルーツなど、新疆ウイグル自治区の名産品が高級ブティックのように華やかに並べられていた。

翌五月十八日、旅の最後の目的地である新疆ウイグル自治区博物館を訪ねた。二〇〇五年に

改築したモダンな建物で、入口にはウイグル自治区の大きな地形図が展示してある。

我々はまずトルシンジャンさんに教えられた楼蘭の美女（二八一、二八四頁）を拝観した。フードのようなものをかぶり全身を布に包まれた女性は、推定年齢四十歳、身長は一五五センチだという。

他にも布にくるまれた子供（二八一頁）、顔にひげをはやしたままの勇ましげな長身男性、二十歳ばかりとおぼしき上品な女性のミイラもあった。

遺体は胡楊《こよう》の棺に入れて砂漠に埋めるが、場所が分かるように胡楊の木の墓標を立てる。男と女ではこの墓標の先端の形がちがうという。

地階の展示場にはトルファン市高昌区のアスターナ古墓群から発掘された石室も展示してあった。石室の中には武人とおぼしき装束をしたミイラが安置してあったが、興味深いのは石室の壁にアヒルや水草など、豊かな水辺の光景が描かれていることだ。

被葬者は海辺の出身の人で、死後にはつばめに姿を変えて故郷に帰れるように願ったのだという。その海はパミール高原を越え、インダス河を下ったところに広がっているのだろうか。

私にはもうひとつ、どうしても見たいものがあった。

「あの、唐の時代の室内履《ば》きがあるはずですが」

係員にたずねると、古代服飾展示のコーナーだと教えてくれた。

ウイグル自治区で暮らす民族が、どのような装束をまとっていたかを展示したもので、服を着て帽子をかぶった実物大の人形や、毛《も》綿《めん》や羊毛の服などが置いてある。

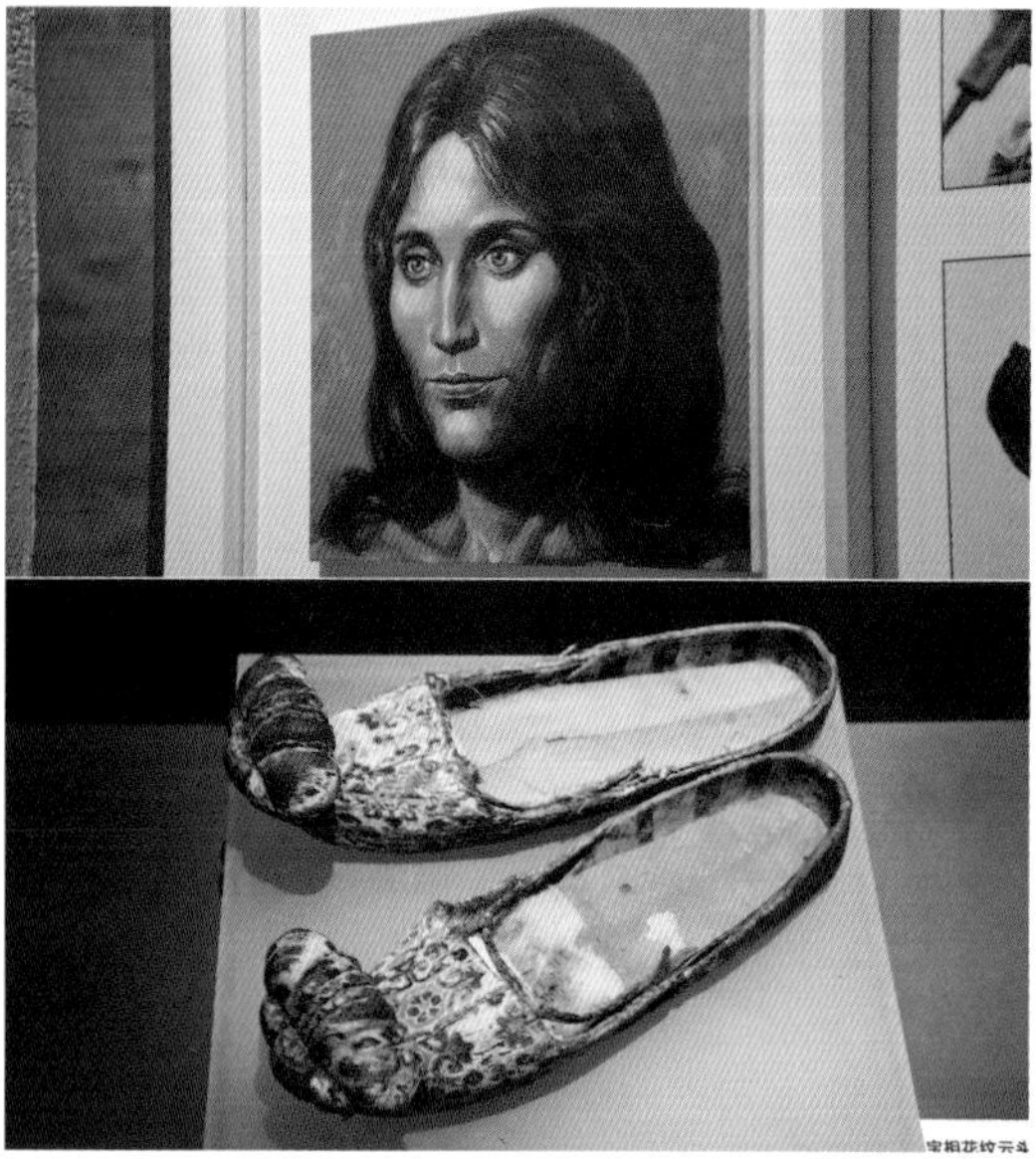

「楼蘭の美女」の想像画。埋葬されたのはおよそ3800年前といわれている（写真上）
日本の正倉院と新疆ウイグル自治区博物館にしか残っていないという唐時代の室内履き（写真下）

その一角のガラスケースに室内履きがあった（本頁）。唐の高貴な女性たちが使っていたもので、日本では繡線鞋《ぬいのせんがい》と呼ばれ、正倉院の宝物として保管されている。

以前、正倉院展に行き、この品は正倉院と新疆ウイグル自治区博物館にしか残っていないことを知った。

その時見たものとまったく同じ形で、爪先にコブのような盛り上がりがついている。

湿度が低いせいか、こちらのほうが保存状態が良く、色彩もかなりはっきりと残っている。

「これだよ。長安の王宮で使われていたものが、奈良とここにだけ残っているんだ」

私はかなり興奮して、T君に撮影してくれるように頼んだ。

すると王さんが横からのぞき込み、

「これは雲頭靴《うんとうぐつ》と言います。爪先に出っ張りがついているのは、ロングドレスが足にまとわり

つかないようにするためです」

それが何か、とでも言いたげな軽い調子で教えてくれた。

なるほど、雲頭靴とは言い得て妙である。しかも長いスカートが、おみ足にまとわりつかないようにするためのものであったとは……。

まるでズボンを吊るサスペンダーのようなものではないか。それが絹で織られた高級品とはいえ、長安の女性たちにはありふれていて、使い捨てにしていたのだろう。

だから雲頭靴は中央部にはまったく残らなかったが、長安から奈良までは約二四六〇キロ、同じくウルムチまでは約二五七〇キロ。遠く離れた辺境の地においては、長安の華やかなファッションを伝えるものとして珍重されていたにちがいない。

片や正倉院の宝物として、片や古代服飾の逸品として大切に保管されてきた。それは日本と西域が、長安を中心とした大唐文化圏のメンバーであったことを今に伝える証拠である。

そのつながりを確かめる機会を得て、私はガフスケースの前から立ち去り難い思いをしていたのだった。

本書は、月刊『潮』二〇一八年八月号から二〇一九年五月号（第一部）と二〇一九年十月号から二〇二〇年七月号（第二部）まで連載されたものを加筆・修正して、単行本化したものです。

安部 龍太郎　あべ・りゅうたろう

1955年福岡県八女市（旧・黒木町）生まれ。久留米工業高等専門学校機械工学科卒業。東京都大田区役所勤務、図書館司書として働きながら小説を執筆。90年に『血の日本史』で作家デビュー。2005年に『天馬、翔ける』で中山義秀文学賞を受賞。13年に『等伯』で直木賞受賞。著書『彷徨える帝』『関ヶ原連判状』『信長燃ゆ』『恋七夜』『道誉と正成』『下天を謀る』『蒼き信長』『冬を待つ城』『維新の肖像』『姫神』『おんなの城』『蝦夷太平記　十三の海鳴り』など多数。現在、徳川家康の大河小説を連載中。20年、京都府文化賞功労賞を受賞。

シルクロード　仏の道をゆく

二〇二一年　七月二十日　初版発行
二〇二一年　九月　五日　二刷発行

著　者――安部　龍太郎
発行者――南　晋三
発行所――株式会社　潮出版社
〒一〇二－八一一〇
東京都千代田区一番町六　一番町SQUARE
〇三－三二三〇－〇七八一（編集）
〇三－三二三〇－〇七四一（営業）
振替口座　〇〇一五〇－五－六一〇九〇
印刷・製本――中央精版印刷株式会社

ISBN978-4-267-02255-5 C0095
www.usio.co.jp